W0308594

Le traducteur amoureux

DU MÊME AUTEUR

La couleur inconnue (éditions Corti), Prix de l'École Normale Supérieure.

Le traducteur (éditions Corti).

La Mécanique du Mal (Mercure de France).

Le Plaisir du diable (éditions Corti).

Jacques Gélat

Le traducteur amoureux

2e édition

José Corti

Le programme des parutions et le catalogue général sont en ligne sur :
www.jose-corti.fr

© Librairie José Corti, 2010
N° d'édition : 2070
ISBN : 978-2-7143-1023-1

Pour Corinne

Je suis un traducteur. Au départ c'est un plaisir qui ressemble un peu au métier de comédien. On doit se faire à l'autre, l'écouter, le comprendre, s'en imprégner, avec cette différence qu'au lieu d'un personnage, c'est un roman qu'il va falloir traduire.

Je procède toujours de la même façon. Une fois le livre en main je m'enferme chez moi. J'attends ensuite la nuit pour commencer à lire. La nuit la violence du monde extérieur s'atténue, on est davantage disponible. Assis derrière mon bureau je lis à la lumière d'une lampe très douce ; c'est une première rencontre, une sorte de dîner aux chandelles, espoir d'une séduction possible, d'un plaisir à venir. C'est tout ce que j'espère, être charmé.

Pour l'être je dois commencer à oublier qu'il me faudra traduire. Par automatisme j'aurais tendance à repérer les phrases ou les mots qui vont poser problème. Mais j'oublie facilement. L'oubli peut être une qualité comme un défaut. Ici c'est un don. Je me laisse emporter, je m'abandonne à l'auteur, je le laisse faire, je n'ai pas le droit de le contrarier, il a toujours raison ; lui résister, chicaner, serait commencer à lui être infidèle, et l'infidélité est le pire des crimes pour un traducteur.

Cette première lecture ne doit pas me quitter. Elle m'a dit l'essentiel, la musique du livre. Je l'écoute encore quelques jours. Il ne me faudra pas l'oublier. Et puis, je commence à traduire.

L'auteur et moi formons ainsi un couple heureux. Alors pourquoi l'avoir un jour brisé ? Pourquoi avoir trahi ? Pourquoi être devenu infidèle ? J'en reviens à l'oubli, qualité ou défaut, en tout cas composant essentiel de ma personne puisque cela a commencé par lui. J'ai commis un oubli. Un oubli minime. Si minime qu'il faut un autre mot. Par exemple, infinitésimal. J'ai oublié un point-virgule.

C'était un jour de printemps. J'avais apporté à mon éditeur ma dernière traduction. Elle était posée sur son bureau juste à côté du roman traduit. À un moment l'éditeur est sorti pour une raison dont je ne me souviens plus. Les deux objets restaient devant moi, l'original et la traduction. Pourquoi m'en suis-je emparé ? Pourquoi me suis-je mis à les soupeser, à les mettre l'un sur l'autre, à les feuilleter ? C'était sans doute un geste d'attente, ou peut-être le plaisir de caresser un travail fini. Toujours est-il que, dernier réflexe de traducteur, j'en arrivai à lire la phrase finale de chaque volume. J'y découvrai alors une anomalie. À la place d'un point-virgule j'avais mis une virgule.

L'auteur avait écrit : « C'était fini ; le jour allait commencer ». J'avais traduit : « C'était fini, le jour allait commencer ».

L'ajout d'un simple point au-dessus de la virgule suffisait à corriger cette faute. Je ne l'ai pas fait. J'ai regardé de nouveau le point-virgule, la virgule. Ils m'indifféraient. Et j'ai remis à leur place le roman et ma traduction.

J'aurais dû me rendre compte que quelque chose commençait. Mais c'est souvent le propre des débuts de se faire oublier ; combien de guerres et combien d'amours aurait-on évités en les voyant venir ?

Néanmoins j'étais marqué puisque lors de la traduction suivante j'ai commencé à m'interroger sur la valeur des points-virgules et des virgules. Naturellement je pourrais vous parler de leur différence, dans bien des cas parfaitement inutile, mais mon propos est ailleurs. Il est qu'ensuite j'ai éliminé du livre un nombre considérable de points-virgules. Quarante-huit exactement.

Si quelqu'un s'en était aperçu mon destin serait sans doute resté le même. Mais ce ne fut pas le cas. Personne ne remarqua leur absence. D'ailleurs qui pouvait le faire ? Je suis un traducteur reconnu et depuis bien longtemps mon éditrice ne faisait plus contrôler mon travail. Bien au contraire, elle me donnait souvent des traductions de confrères à vérifier. Quant à l'auteur, c'était un Japonais qui ne parlait pas un mot de français. C'est dire si j'avançais en terrain tranquille pour mes assassinats.

Parler d'assassinat pour quelques points-virgules supprimés vous paraît sans doute un peu fort. C'est pourtant le mot qui convient. Pour moi, les mots sont des êtres vivants. Ils sont toute ma vie, ils la remplissent et beaucoup de mes humeurs en dépendent. Une page bien traduite, un climat bien restitué et la nuit sera belle. À l'inverse, la sensation d'une possible inexactitude autour d'un mot ou d'une phrase me laissera un arrière-goût intenable. Il m'est ainsi souvent arrivé, ma lampe de chevet éteinte, de la rallumer pour aller vérifier un mot, une syntaxe ou tout autre construction stylistique.

Certains parleront ici de maniaquerie, voire d'obsession. L'argument est défendable dans la mesure où, la plupart du temps, le lecteur ne fera pas la différence. Je ne le nie pas. Mais il est des passions cachées, des dévouements invisibles, des amours qui n'attendent pas la réciproque, bref, des jardins secrets dont la discrète récolte suffit à celui qui les a cultivés. Je suis de ces jardiniers, comme j'aurais pu être de ces ébénistes dont personne ne s'aperçoit de la restauration, ou de ces éminences grises que l'histoire ne connaîtra jamais. Entre les mots et moi c'est un amour occulte, subtil, et dont, contrairement aux écrivains, je n'attends aucune reconnaissance publique.

À propos d'écrivains je vois venir le lieu commun. Le traducteur serait un écrivain qui s'ignore ou, au pire, un écrivain raté. Les lieux communs peuvent être vrais, mais leur généralité exclut tant et tant de cas particuliers qu'ils finissent à la longue par être faux. Beaucoup d'écrivains sont traducteurs. Il est exact qu'ils le sont souvent pour l'argent, mais cela n'empêche pas leur plaisir. Pour preuve, il en est de suffisamment célèbres qui, ainsi dégagés de toute nécessité matérielle, traduisent pourtant un confrère. La plupart du temps il s'agit de le faire connaître ou, s'il a déjà été traduit, parce qu'ils jugent imparfaites les traductions qui en ont été faites. Mais je m'égare, je ne suis pas là pour parler de mes confrères. J'en dirai simplement ce que l'on peut dire de toute profession : à chacun ses frustrations et ses réussites. J'ajouterai seulement qu'au vu du nombre de manuscrits qui arrivent dans les maisons d'édition, on trouve sans doute autant d'écrivains manqués chez les médecins, les journalistes ou les professeurs que chez les traducteurs.

Pour moi les choses sont claires : je n'ai jamais eu envie d'être écrivain. Inventer des histoires ne m'a jamais tenté. Celles des autres me suffisent. En m'en contentant j'avance en terrain conquis pour assouvir mon amour des mots. À moi, sans le souci de l'intrigue, le plaisir de leur jeu. Bien sûr, on dira que je n'ai qu'à les traduire. C'est là ne rien comprendre au métier. La traduction est un art beaucoup plus libre qu'il n'y paraît. La seule règle est de respecter la signification de la phrase, tout en veillant au bon déroulement de son enchaînement avec celles qui l'entourent. Cette chose faite, et c'est la plus simple, la dépendance au texte s'amenuise d'un coup. S'ouvre alors le grand plaisir de l'amateur de mots, celui de la nuance.

La nuance est la touche du traducteur. Son usage répété va très largement contribuer à la tonalité du livre. L'histoire restera la même, mais son climat, cette ambiance qui doit saisir, imprégner le lecteur, dépend de cette touche. Il existe mille traités de traductions qui me permettraient de prouver par l'exemple ce que je viens de dire. Mais mon propos n'est pas là, et j'irai au plus simple en disant qu'un traducteur ressemble aux chanteurs ou aux acteurs qui, soumis à une même partition, vont pourtant à chaque fois en faire une pièce différente, unique. Ce qui s'appelle interpréter.

J'ai d'ailleurs toujours pensé que le terme d'interprète serait plus exact pour définir le métier de traducteur. Question de nuance. Reste que l'acteur, comme le chanteur, ne supprime aucun mot, aucune note. Ce serait se faire siffler, honnir, ce serait un crime. Et j'en reviens à mes premiers assassinats, à ces quarante huit points-virgules guillotinés.

Je parle de guillotine à bon escient. Je ne m'attaquais en effet qu'à la partie supérieure de cette ponctuation. Je prenais toujours soin d'en conserver le bas, la virgule. Un bon avocat aurait ainsi facilement pu plaider la simple amputation. Circonstance d'autant plus atténuante que, comme je l'ai dit, dans bien des cas le point-virgule est parfaitement inutile. Mais l'argument n'aurait pas tenu ; en temps que tel, le point-virgule trépassait bel et bien.

Pauvre trépas, direz-vous, crime facile. Il est vrai que dans la hiérarchie des mots la ponctuation s'apparente au populaire, à la piétaille, aux gueux. Une ponctuation ne se traduit même pas, elle se recopie. Je ne conteste donc pas que s'attaquer au point-virgule était jouer petit bras. Mais je n'en étais qu'à mes débuts. Le gros gibier m'attendait.

En fait, débuts prudents. Si prudents qu'au risque de vous surprendre je vais vous avouer l'incroyable. Je ne me rendais pas compte de ces mises à mort. Elles m'échappaient. C'est le fameux trou noir des meurtriers. On ne se voit pas assassiner. On est dans un état second. Puis, le forfait commis, on ne s'en souvient pas. Ou alors si vaguement que cela s'apparente à un rêve lointain, impression si fugace qu'elle se fait tout de suite oublier. Il faudra quelqu'un, un témoin, un policier, un juge, pour vous ramener à la réalité.

Ici, qui pouvait m'aider, me ramener au réel ? Qui, dans un roman de sept cents pages, pouvait relever la suppression de quarante huit points virgules ? Personne. Alors, dans cette solitude, ai-je secrètement espéré qu'en poursuivant mes forfaits un quidam m'alerterait, me dénoncerait, m'empêcherait d'aller plus loin ? La chose est possible. Les criminologues savent que certains malfaiteurs laissent parfois inconsciemment des traces de leurs méfaits pour en finir avec l'insoutenable. Je crois que c'est ça, qu'un appel archaïque m'a poussé à franchir un palier supplémentaire dans l'espoir d'être démasqué.

J'allais l'être, mais il a fallu du temps. Le temps d'une dizaine de traductions. Pendant trois ans j'ai ainsi massacré mes auteurs. De nature prudente, j'y suis allé progressivement. De la ponctuation je suis passé aux mots. J'ai d'abord utilisé beaucoup de synonymes. C'est un camouflage pratique. Il permet d'éliminer un mot sans voir la phrase perdre son sens. De plus, on est encore dans le simple délit. Le synonyme n'est qu'une usurpation, pas un assassinat. J'avais besoin de cette lente progression pour ne pas me faire prendre, c'est-à-dire pour continuer à ne pas me rendre compte de ce que je faisais.

Toujours aussi aveuglément, c'est vers la troisième ou quatrième traduction que je suis passé au stade supérieur. J'ai carrément flingué un mot. Direct, sans état d'âme, j'ai envoyé l'animal à la trappe. Ici je vois votre étonnement. Comment peut-on anéantir un mot sans laisser de traces ? Je ne vous donnerai qu'un exemple. Un auteur écrivait : « Elle avait de très beaux cheveux ». À votre avis quel était ici le mot à occire ? Bien évidemment le « très ». Et d'un seul coup la chose vous paraît si facile que vous me trouvez de nouveau bien vantard. Le crime, direz-vous, pour être digne de ce nom, exige autre chose qu'un simple adverbe. Il faut un vrai courage, une prise de risque plus grande. C'est exact mais, circonspect de nature, je me contentais encore de ces modestes exécutions, peut-être comme un échauffement. De la sorte, je continuais à décimer le discret, l'humble, celui qui ne la ramène pas.

C'est plus tard, lors de ma cinquième traduction, que j'ai sorti le gros calibre. L'ordinaire me lassait. Ma technique ne se satisfaisait plus des bas morceaux. Elle exigeait du noble, de l'altier, du sang bleu. Délaissant le pronom, l'adverbe et toute cette plèbe, j'attaquais l'adjectif et, plus fort encore, le verbe. Supprimer ces derniers tient de la haute voltige. Mais j'y arrivais. J'en serais bien incapable aujourd'hui. C'est dire les prouesses que l'inconscient permet quand son sujet l'exige impérieusement. Et, le sang appelant le sang, il lui en fallait toujours plus. Alors, toujours à mon insu, ce maître invisible, l'inconscient, réclama un incroyable dû. Je le lui offris un jour, jour dont je ne me souviens plus, mais qui se révéla d'une impensable audace : je supprimais une phrase.

Était-elle longue, courte ? Peu importe. Aucun tribunal ne tient compte de la taille d'une victime. Ou plutôt des victimes. Car elles furent plusieurs à succomber ainsi. Subitement doué d'étonnants réflexes, j'identifiais sur le champ et sans faille ces innocentes amenées à périr. Curieusement l'œuvre dont elles faisaient partie ne perdait pas de sa cohérence. Certaines phrases seraient donc inutiles ? Il faut croire que oui. Mais alors c'était éliminer des parasites ? Oui, peut-être.

On sait où l'obsession du parasite a mené certains idéologues. En étais-je là ? J'ai bien l'impression. Petit furieux de service, je décrétais à ma guise la vie ou le trépas de chaque phrase. Mais c'était encore se restreindre, en rester à l'unité, au cas individuel, en quelque sorte se cantonner au tueur en série. Les rubriques de faits divers sont pleines de ce genre d'individus. Petites rubriques. Ma science m'offrait désormais des horizons plus vastes. J'étais en mesure d'aspirer aux gros titres, à l'exclusif, à l'Histoire. Cela impliquait le dédain du détail, l'amour du grand. De cette façon, tout plein d'ardeur, et délaissant définitivement le particulier, je suis passé au massif, au nettoyage ethnique, au génocide, à la bombe.

Lors de ma neuvième traduction j'ai ainsi atomisé vingt quatre paragraphes. Et personne ne s'en est aperçu ? Absolument personne. Vous n'y croyez pas, vous dites que c'est impossible. Vous avez tort. J'irai très vite car mon propos n'est pas littéraire. Il tient pour l'instant de l'analyse d'une névrose. Je me contenterai donc de rappeler rapidement qu'il existe un nombre considérable d'œuvres dites expurgées, et qui tiennent parfaitement la route. J'ai vu une édition des *Misérables* ramenée à trois cents pages. Un quidam ignorant que l'original en faisait mille n'y aurait vu que du feu. Certes le chef-d'œuvre passait à la trappe. Mais je ne traduisais pas de chef-d'œuvre notoire et, je le répète, la confiance des éditeurs était absolue.

Vingt-quatre paragraphes. La bête était rassasiée. Par bête j'entends le monstre qui, passé maître dans le dépouillement de ma conscience, continuait à me gouverner. Innocent que j'étais. C'est là le prodige. Mais j'y reviendrai. Pour l'instant je n'en ai malheureusement pas fini. En effet, si la bête repue s'était assoupie elle n'en restait pas moins active dans sa sieste. Et j'en arrive à ma dixième traduction, cette ultime trahison.

La félonie, cette fois, atteignit des sommets. Elle pourra paraître moindre à celui qui n'est pas traducteur. Elle est pire : j'ajoutai des mots.

Je vous l'assure, un tribunal de confrères, horrifié, s'en serait maintenant lavé les mains. Pour eux, cessant de relever des assises j'étais bon pour Nuremberg. Mais peut-être ne comprenez-vous pas bien. Pour vous, sur le fond, quelle différence entre un ajout et une disparition ? Il vous apparaît même qu'à la limite c'est moins grave. Ajouter est un surcroît de vie, tandis que supprimer s'apparente à la mort. Malheureusement, dans certaines circonstances, il est des morts plus dignes que la vie.

Jusque-là, une fois supprimé ou trafiqué, ce qui restait de l'auteur était encore de lui. Ce que j'ajoutai ne l'était plus. Or, si Hippocrate admet l'ablation, la prothèse arbitraire lui répugne. Ou alors le praticien devient Frankenstein, l'apprenti sorcier, dangereux thaumaturge dont les jeux génétiques accoucheront d'un humain dégradé, détraqué.

J'ai joué à cela. J'ajoutai au roman de Mégumi Kobayachi une centaine de mots. Aucune phrase, seulement, de-ci de-là, de simples mots. Deux années plus tard la précision de leur choix devait me stupéfier. Comment avais-je pu, à l'aveugle, engendrer une telle homogénéité ? Supprimer est facile. Massue en main un aveugle peut détruire une statue. Par contre lui confier des ciseaux avec pour mission d'en modifier, d'en altérer certains traits, s'apparente à l'impossible. C'est pourtant ce que j'ai fait.

Aujourd'hui, je sais ce qui s'est passé. La mécanique qui m'a poussé à ces suppressions, puis à ces ajouts, m'est parfaitement claire. J'ai précisément étudié la chronologie de ce gigantesque acte manqué, de ce palliatif à une souffrance inavouable. Je reste néanmoins sans voix devant ce prodige de l'esprit humain, cette fabuleuse capacité à l'autodéfense. Remercions les ersatz, les quiproquos et tous les substituts pour la compensation qu'ils offrent. Bien sûr ils ne sont jamais qu'un répit. La vérité éclatera un jour ou l'autre. Mais sans cette rémission, sans le temps qu'elle procure, la soudaineté de certaines découvertes serait fatale.

Reste la question essentielle. Quelle découverte m'était à ce point impossible ? Ou plus exactement quel aveu ? Car je savais. Rien ne m'échappait. Chaque mouvement de ma femme, chacune de ses expressions, tout son comportement me le disait quotidiennement : elle me trompait.

Il ne fallait pas le voir. Je ne devais pas savoir. C'eût été trop grave, intenable. Je l'aimais trop. Mais pourquoi dire qu'on aime trop ? Si l'amour est la plus belle chose du monde au nom de quoi le limiter ? Et puis, surtout, comment le faire ? Peut-on quantifier l'amour, le peser, jusqu'à lui définir une frontière, cet instant où il faudrait cesser de le vivre ou l'éprouver différemment ? Les stoïciens croient à cet homme idéal, maître de lui, froid spectateur de sa vie et de ses émotions qu'il gouverne comme une parfaite machine. Je veux bien admettre la possibilité d'une aussi belle mécanique pour tout ce qui concerne notre libre arbitre, par exemple nos choix politiques, professionnels ou esthétiques, bref, pour tout ce qui tient d'un engagement réfléchi dont de beaux raisonnements sauront en effet tempérer les excès. Malheureusement l'amour se joue de tous ces sophismes.

Dès le départ il leur échappe. Se jouant de toute raison il choisit ses victimes selon des critères aussi arbitraires qu'inconnus. Oui, je parle de victime. Je pourrais tout aussi bien parler de martyr tant l'amour est une malédiction. C'est un fléau sans nom, le plus grand de tous, une effroyable calamité, peut-être une punition divine ou, si vous êtes athée, une sorte de cancer non encore répertorié mais qui le sera quand les statisticiens sauront chiffrer ses désastreuses conséquences. Combien de morts chaque année à cause de l'amour ? Naturellement je ne parle pas seulement des suicides, mais des guerres, de leurs carnages et de tous les holocaustes qui, sans l'amour, n'auraient jamais existé.

L'amour est à la base de toutes nos mauvaises actions. C'est le pire des vices. Sa ruse réside dans l'oubli de la loi universelle. C'est ainsi qu'il nous leurre. Il nous dupe quant à sa durée. Il se dit immortel. Et nous le croyons. C'est pour toujours, c'est tellement bon qu'il ne peut plus en être autrement. Nous sommes parvenus au pinacle, au ravissement absolu, cet absolu qui efface tout. Malheureusement l'amour n'échappe pas à l'universel. Et, tout comme les galaxies, les civilisations ou les pucerons, il s'éteindra lentement avant de périr.

Pauvres de nous, ridicules illusionnés, lamentables badernes, nous vivons maintenant sous le joug de son souvenir, insupportable réalité qui nous laisse groggy. Mais, sauf à choisir le plus grave, l'homme se relève toujours. Alors, hébété, humilié, perdu, l'aboiement arrive. Faut-il maintenant parler de tous les drapeaux, de toutes les idéologies, des guerres et des massacres qui offriront à cette souffrance les plus beaux prétextes pour brailler son trop-plein ?

Je préfère, droit de réponse oblige, laisser place à mes opposants. Notamment aux disciples de Lavoisier. Lavoisier, dont l'aphorisme « Rien ne se crée, rien ne se perd, tout se transforme » a fait le tour du monde. Ainsi, poursuivra mon contradicteur, lorsque vous prétendez qu'à l'image de tout dans l'univers, l'amour s'éteint, puis disparaît, vous vous trompez. L'amour, comme le reste, se transforme. Pour les dieux antiques, ses métamorphoses lui offriront mille vies dont il sera toujours le cœur. Bref, naïf que vous êtes, sachez que l'amour évolue, il change. Ses noms sont multiples pour, passé son paroxysme, s'appeler tendresse, estime, complicité, partage ou, plus simplement, bonheur. Même ses rides offriront une beauté, une sagesse qui valent bien des désirs. Mieux, le facétieux sait renaître de ses cendres. La belle au bois dormant, désenchantée, ne dort en fait que d'un œil. L'amour lui garde toujours l'autre entrouvert au cas où un prince charmant passerait par là. Oui, naïf, l'amour est éternel. Il ne se laisse ni mourir ni enterrer, et le croire est ignorer un de ses autres noms, l'espoir.

Voici donc le genre de balivernes qu'utilisent les tenants du bienfaisant amour pour berner la planète depuis sa création. J'ai tenu à leur donner la parole mais tout individu raisonnable verra que l'utilisation faite de la théorie lavoisienne s'apparente aux pires paralogismes ou, pour parler plus nettement, à la plus extrême mauvaise foi. Pour commencer, le discours, de Lavoisier en arrive, *via* la chimie, à la métaphysique, pas au sentimental. Sa théorie, la plus athée qui soit, proclame la matière increéée, éternelle énergie engendrant à coups de hasard ou de nécessité tous les mondes possibles, doctrine parfaitement opposée au vide originel qu'un dieu aurait comblé. Mais, même en voulant bien considérer que le sentimental, ici l'amour, puisse, comme certaines neurosciences commencent à le dire, être associé à la matière, je pense, contrairement aux dires du chimiste, que ce qui se transforme se perd parfois bel et bien. Pour preuve : j'ai perdu ma femme.

D'où mes crimes. Je le répète, il me fallait ne pas voir son infidélité. Je ne devais pas savoir, l'insoutenable m'aurait tué, je l'aimais trop.

Avant d'y revenir, et à propos de neurosciences, un dernier mot, une parenthèse destinée à offrir un espoir majeur à l'humanité ; comme je viens de le dire, certains scientifiques, spécialisés dans la neurologie, prétendent l'amour physiologique. Loin des inepties poétiques, des Cupidons et autres alexandrins, le malin serait localisable dans notre organisme. On le trouverait du côté des neurocapteurs, vers le cerveau. Souhaitons de tout cœur à ces savants d'identifier cette place pour, à coups de fins lasers, la réduire à néant. Cette tumeur désormais détruite, l'humanité pourra peut-être, enfin, vivre en paix.

Oui, imaginons un monde débarrassé de l'amour. Mais, à rêver d'un monde parfait, je m'égare.

Elle me trompait. Je crois m'en être aperçu un jour vers six heures trente. Ce soir-là mon horloge interne m'a alerté d'un léger retard. D'ordinaire, le jeudi, elle rentrait vers six heures et quart de la faculté. Retard minime, direz-vous, à peine un quart d'heure. Mais j'ai une vie très régulière. Je traduis le matin de neuf heures à midi puis, l'après-midi, de quatorze heures à dix-neuf heures. Entendre Marie rentrer, le jeudi à six heures et quart, était merveilleux. C'était de la légèreté, du diaphane, de la grâce. Elle ne venait jamais me voir dans mon bureau. Elle se contentait d'un bonjour lointain, et c'était à chaque fois comme un carillon cristallin qui se répandait dans tout le bureau. Le dictionnaire restait fermé, les mots se traduisaient tout seuls et la plus difficile des phrases trouvait sa solution. C'est rétrospectivement que l'on s'aperçoit de ces choses.

Puis, le jeudi, nous allions au théâtre. Nous avions un abonnement pour ce jour-là. Le théâtre est, ou plutôt était, une de nos passions communes. Mais la question n'est pas là, plus là. Je n'en parle que pour avoir noté sur mon agenda la pièce que nous sommes allés voir ce soir-là, *Hedda Gabler*. Cette pièce est un repère dans l'histoire de mon horloge interne. Quand, pour comprendre ses mécanismes secrets, il m'a fallu tout reconstituer, j'ai retrouvé l'agenda de cette année. Et c'est bien à cette date, juste avant d'aller au théâtre, que j'ai remis à mon éditeur la traduction dont j'ai parlée au début de mon récit. Cette traduction, lieu de mon premier forfait, quand, m'apercevant de l'absence du point au-dessus de la virgule, j'ai laissé la chose en l'état.

Ce n'était pas une coïncidence. Il n'y a eu aucun hasard. Le quart d'heure de retard de Marie en était la cause. Et tout, à partir de ce jour, allait se poursuivre ainsi. Pendant trois ans les faits allaient s'impressionner au plus profond de mon être, lente imprégnation dont chaque étape élargirait le champ de massacre de mes traductions. Tout en sachant, je ne voyais rien. Et les mots payaient pour cet aveuglement.

Faut-il entrer dans les détails ? La lecture de milliers de livres m'en fait douter. L'adultère semble n'être fait que d'archétypes. Des retards bien sûr, puis d'infimes changements dans la séduction quotidienne, dans les menus plaisirs de l'autre. Quinze ans de vie commune font facilement paraître normaux ces petits abandons et je m'y serais accoutumé si je n'avais décelé chez Marie une légère indifférence pour les gestes, qu'à l'inverse, je conservais pour elle.

Plus grave, l'absence de contradictions a marqué une phase nouvelle. Si notre passion pour le théâtre, la peinture et les livres était commune, nos goûts divergeaient souvent. Dès lors Marie s'emportait pour ne jamais démordre de son point de vue, parfois jusqu'à la colère. Loin de m'en irriter, j'aimais ses emportements. Mais j'aimais tout chez elle. Aucun de ses défauts ne m'atteignait, autrement que pour m'amuser, m'enchanter.

Étonnant parallélisme, c'est pendant ce changement, quand elle ne se donnait plus la peine de me convaincre pour accepter gentiment n'importe lequel de mes points de vue, qu'après la ponctuation et les synonymes, j'ai démantelé mes premières phrases. Le démembrement devait bien s'exprimer quelque part.

Et la vie continuait. J'étais toujours heureux. Même au lit je ne voyais rien. J'étais peut-être ici plus excusable. Quinze ans de vie conjugale émoussent n'importe quel rapport physique. Mais tout de même, pendant ces trois dernières années, la vérité des corps aurait dû m'ouvrir les yeux. Marie était de moins en moins demandeuse, moi seul le restait, et pour un plaisir qui, bien souvent, n'était plus simultané.

Mais je ne voyais toujours pas. Je ne voyais que le bonheur. Il était là chaque jour, chez nous, chez nos parents, chez nos amis, au restaurant, en voyage, en vacances. J'aime bien ce mot de vacances. C'est peut-être le plus précis pour décrire ma vie d'alors. L'effort, et tous ses synonymes, m'étaient inconnus. La vie coulait de source.

Et puis est arrivé le moment où Marie est devenue très belle. Ce sont les autres qui me le disaient. Personnellement, je ne faisais pas la différence. Je l'ai toujours trouvée très belle. Mais là, on me le répétait. Que ce soit en famille, avec les amis, ou à la Sorbonne où elle était professeur, j'entendais régulièrement des gens me dire qu'elle était très belle. Qu'elle rayonnait. Je me souviens même d'un de ses collègues m'affirmer qu'elle « irradiait de bonheur ». Comme s'il le découvrait. Même la concierge s'y est mise. « Votre femme, en ce moment, quelle beauté. »

Ces réflexions ne m'interpellaient pas. Il me semblait les avoir toujours entendues. Mais en même temps j'en sentais la nuance puisque c'est vers cette époque que des paragraphes entiers ont commencé à succomber dans la traduction que j'effectuais. À défaut de moi, ou d'elle, ou de l'homme qu'elle aimait, il fallait bien que quelque chose disparaisse.

« Tellement belle. » « Si belle. » « D'une telle beauté ! » Une fois de plus, sans m'en apercevoir, je le voyais parfaitement. Oui, elle devenait chaque jour plus belle. Insupportablement belle. C'était la beauté de l'amour. Horrible beauté pour celui qui n'en est plus la cause.

Vingt-quatre paragraphes en ont illico trépassé. Là, malgré tout, le carnage aurait dû m'apparaître. Eh bien, non. C'est dire à quel point l'amour rend aveugle. On dit que le mariage lui rend la vue. Dans mon cas ce n'était plus possible ; je savais déjà que je n'étais plus marié.

Mais tout continuait. Jusqu'au moment où des choses se sont précisées. J'ai parlé plus haut de vacances. Je me souviens des dernières que nous avons passées en Sicile. Nous y étions avec un couple d'amis, tous deux professeurs. Je nous revois tous les quatre dans le soleil des ruines du temple d'Agrigente. Marie portait une robe blanche, dans toute cette lumière – elle s'était un peu éloignée de notre groupe – je ne distinguais plus que sa chevelure brune qui flottait dans le vent. Puis soudainement, le temps d'une fraction de seconde, je n'ai plus rien vu. Marie avait disparu dans la lumière.

Et puis il y eut le soir. Nous étions à la terrasse d'un restaurant. Elle portait une robe rouge. Comme souvent en fin de journée elle s'était coiffée différemment, les cheveux ramenés en arrière. J'aimais beaucoup cette coiffure qui mettait en valeur le vert de ses yeux. Avec ce couple d'amis elle riait à l'évocation de leurs années universitaires. Oui, elle était à ce moment au summum de sa beauté, brune aux yeux verts, à la poitrine ronde, généreuse, qui soulignait encore la finesse de sa taille. Et ce soir-là, dans ce cadre méditerranéen, femme plus latine que jamais, elle se laissait aller à l'expression de son caractère, cette exubérance, toute cette faconde qu'elle s'efforçait souvent, par élégance, de réfréner pour éviter d'être trop présente en société. Mais ici elle se lâchait sans réserve, enchaînant les fous rires au souvenir des années de jeunesse. J'aimais tellement ses rires. Ce sont eux que j'ai eu le plus de mal à oublier. Ils m'ont poursuivi des années dans mon sommeil. Et, plus encore, ceux de ce soir, à Agrigente, parce qu'au milieu de ces rires, j'ai, pour la première fois de ma vie, vu de la tristesse dans les yeux de Marie.

Ce fut le premier signe consciemment perçu. Je l'ai vraiment vu. Remarqué. Puis, dans les jours suivants, j'y ai repensé. Non pas en y réfléchissant longuement. Cela m'est revenu à travers de soudaines résurgences, très courtes, à différents moments, peut-être trois ou quatre fois pendant ce séjour sicilien. L'alerte faisait surface.

Mais je m'exprime mal. Tristesse n'est pas le mot exact. En quinze ans de vie commune j'avais déjà vu ce sentiment dans les yeux de Marie. Ici, c'était autre chose. Au milieu de ses rires, c'était de la détresse.

Je ne le savais pas encore. L'alerte donnée, je pensais davantage à un mal-être. Quelque chose n'allait pas chez elle. Je me souviens m'être montré plus attentif pour déceler à la dérobée ces instants que j'imaginais encore être de la tristesse. Ils étaient loin d'être réguliers, et surtout n'avaient aucun lieu privilégié, surgissant aussi bien à la maison que subitement dans la rue, ou lors d'un dîner, ce qui ne faisait que compliquer leur compréhension. Et puis leur fugacité avait tendance à me les faire oublier plus que je n'aurais dû. Cela allait, venait, mais pourtant, à la longue, la répétition de ces accès de mélancolie me donnait envie d'en parler.

Mais j'hésitais toujours. Peut-être craignais-je d'accentuer ce que je pressentais déjà comme un danger. Mais aussi, comment en parler ? Quels mots ? L'énigme de ces instants m'aurait empêché de les exprimer clairement pour demander à Marie ce qui lui arrivait. Alors, face à ses éclairs de tristesse, d'absence, de repli sur soi, je ne disais rien.

C'est là que j'ai commencé à ajouter des mots dans le livre que je traduisais. À défaut d'avoir le courage d'en trouver pour Marie, j'en inventais dans mon texte. Je ne vois pas d'autre explication à ces ajouts. Le silence me devenait insupportable. C'était la seule façon de le combler, de dire quelque chose, de crier. On verra plus tard l'étonnante conséquence de ce cri inaudible sur le destin du roman de Mégumi Kobayachi que j'étais en train de traduire.

Pour le moment, quelques mots encore sur le silence. C'est un langage. Avec Marie, il est très rapidement devenu le nôtre. Curieux langage. Il ne manque pas de vocabulaire. Au début on n'en comprend pas tout l'alphabet, mais on l'apprend très vite. Les silences ont leurs préludes, leurs hésitations, leurs calculs, parfois leurs spontanéités, puis leurs durées et surtout leurs densités qui finissent par former des phrases tout aussi claires que celles qu'on prononce ou, plutôt, qu'on ne prononce plus.

C'est le paradoxe de ce vocabulaire. Il est censé ne rien dire alors qu'il dit autant. Il est vrai qu'il ne le fait pas ouvertement. C'est même sa raison d'être. Officiellement, le silence n'engage à rien. On peut toujours corriger à voix haute ce qu'il a exprimé. Il offre ainsi une sortie de secours. En tout cas au début. Après, quand on ne s'en remet plus qu'à lui, il condamne toutes les issues. Et c'est ce qui s'est passé.

Il n'y avait plus que lui. Le reste, la vie quotidienne, n'était que futilité, rituel parfait pour recouvrir ce qui ne pouvait se dire. Certains jours j'avais même l'impression que tous nos gestes, nos déplacements, nos sorties, tournaient à l'enterrement. Nous jouions à ce que nous avions été. Mais maintenant, chacun savait. Alors, il a bien fallu dire.

C'est Marie qui s'y est mise. Elle a lentement arrêté de faire attention. L'a-t-elle fait involontairement, ou était-ce désormais le seul langage possible ? Toujours est-il que les retards se sont d'abord accentués. Certains soirs elle ne rentrait plus qu'à huit heures, puis neuf heures, puis plus tard encore, et à chaque fois sous des prétextes que je finissais par ne plus réclamer et, de là, qu'elle ne cherchait plus à inventer. Je lui ai vu aussi un manteau, une robe et des chaussures, dont je ne prenais pas la peine de chercher la trace dans nos comptes, tout comme je ne m'attardais pas sur ces textos qui, surtout le week-end, résonnaient sur son portable.

Pourquoi n'ai-je pas réagi autrement qu'en ajoutant, encore et encore, des mots à ma traduction ? Pourquoi, d'une façon ou d'une autre, n'ai-je pas contre-attaqué, changé de comportement, pris moi-même mes distances pour jouer sur une hypothétique jalousie, ou fait des scènes, bref, pourquoi n'ai-je pas réagi ? Mais c'est que tous les actes de Marie n'étaient rien par rapport à ce que je lisais dans son regard. Elle souffrait. Ses aveux lui faisaient mal. Mal pour moi.

Oui, le pire était cette compassion. Elle me disait chaque jour l'irréversible. Marie n'y pouvait rien. C'était joué. Elle aimait ailleurs. Passionnément.

Elle le savait, et moi aussi. Face à une amourette, à une aventure sexuelle ou à tout autre genre d'infidélité, je serais monté au créneau comme personne. Mais ici, la souffrance de Marie montrait l'inutilité de la lutte. L'amour, le vrai, cette malédiction, avait frappé. Son sortilège allait me massacrer, et parce que

Marie le savait, elle en éprouvait un chagrin qui lui était, en tout cas face à moi, aussi insupportable que celui qui allait m'emporter.

Oui, je peux parler de malédiction puisque plus tard, bien plus tard, j'apprendrais par une amie commune à quel point Marie avait essayé d'échapper à cette fatalité. Elle avait lutté, s'était plusieurs fois éloignée de cet homme, jusqu'à rompre avec lui. J'imagine ces allers-retours, leurs déchirements, leurs blessures. Oui, l'amour est une souffrance. Mais il est plus fort. Une fois sa proie saisie, l'ignoble ne la lâche plus.

Reste une question. Pourquoi aimait-elle cet homme ? J'ai eu la candeur de me le demander. Évidemment en vain puisqu'une des abjections principales de l'amour est d'échapper à toute raison. L'infâme s'empare, c'est tout. Il peut le faire lentement, vicieuse injection de venin, ou d'un coup, le fameux coup de foudre. Le résultat sera le même, la victime, captive, ne s'appartient plus. Enserrée dans les mailles du maudit filet, elle n'est plus qu'un être démembré, soumise à son envahisseur. Ce que les aveuglés appellent joliment le triomphe de l'amour.

Mais assez parlé de ce tyran. Une dernière remarque pourtant ; dans le panthéon des despotes l'amour est peut-être le seul à être aimé de ses esclaves. Mais finalement, même pas ; Gengis Khan ou Hitler avaient leurs adorateurs. Oui, beaucoup ont besoin de vivre sous le harnais d'un maître. Mais j'arrête là, ma haine de l'amour m'emporterait trop loin.

J'en reviens à Marie. Ne restait entre nous qu'une souffrance commune. Ce fut notre dernière complicité. Triste complicité mais que, ultime entente, nous avons évité d'abîmer. Nous ne l'avons encombrée d'aucun jugement, d'aucun reproche. D'ailleurs lesquels ? Ni elle ni moi n'étions responsables de ce qui arrivait.

Elle a commencé par partir certains week-ends avec « une amie ». C'était prendre des gants, me préparer. Puis, très vite, toujours avec cette « amie », dont je ne me souviens même plus du nom, elle est partie pour de courtes vacances. C'est à son retour que j'ai trouvé la lettre.

Elle était posée sur mon bureau. C'était une très longue lettre. Marie m'y disait tout le bonheur d'avoir vécu avec moi. Tout le bonheur de nos années. Il n'y avait que ça dans sa lettre, du bonheur et du bonheur encore. Elle en énumérait les moments forts, les disséquait, les faisait revivre, avec sans cesse ce mot de bonheur qui revenait, pour m'en remercier et m'en remercier encore.

Cette lettre faisait quinze pages. Quinze pages de bonheur, au point d'avoir eu l'impression, à un moment, d'une déclaration d'amour. Ça l'était peut-être, mais à un bonheur ancien, perdu. Puis j'en suis arrivé à la fin de la lettre. De ma vie je n'ai jamais lu aussi lentement. J'ai dû faire un effort pour passer d'une phrase à l'autre. Marie me demandait pardon, infiniment pardon.

Plus loin, je ne me souviens plus très bien. J'ai déchiré cette lettre mais je crois me souvenir qu'il y était question d'espoir, de confiance à ne pas perdre dans l'avenir, de la chance d'être encore jeune, brillant, intelligent. Cette intelligence qui l'avait toujours séduite.

Je n'aurais jamais pensé que des mots comme bonheur, pardon, jeunesse, chance, intelligence, autant de mots positifs répétés, puissent s'apparenter à des coups de poignard. J'étais mort.

À chacun sa résurrection. Il en est de nombreuses. Chez les religieux celle du patron est la plus célèbre, mais il en est d'autres. Celle de saint Denis par exemple, qui, une fois décapité, est reparti avec sa tête sous le bras. La mienne est restée sur l'oreiller. Ou plutôt dessous. Des mois.

En dehors de l'oreiller, la pharmacopée et ses antidépresseurs ont également joué en faveur du miracle. Mais gloire aussi à la médecine traditionnelle de nos belles provinces. Notamment celle du Bordelais et de la Bourgogne. Leur aide a été généreuse. Quitte à en faire une ordonnance je conseillerais le bordeaux l'après-midi. Ses bouteilles sont plus légères que ses consœurs bourguignonnes que je recommanderais davantage le soir. Prises par deux ou trois avant le coucher, elles permettent une bonne nuit.

Il en va différemment du réveil. Pour autant qu'on puisse parler de réveil. En effet le mélange de la pharmacopée moderne et de nos beaux vignobles offre à celui qui pratique cette alliance une nouvelle vision du monde. On ne voit plus rien. On n'entend plus rien. On n'est plus rien.

Loin de moi l'idée de mépriser ce rien. Des mystiques en on fait un idéal. Les politiques en font souvent une carrière. Des artistes aussi. Et puis, contrairement à la croyance, le rien n'est pas rien. La nature ayant horreur du vide, il s'y trouve toujours quelque chose, même d'infime. Dans mon cas cette dernière particule s'appelait respiration. Je respirais encore. C'est tout ce qui me restait.

Naturellement toute traduction m'était impossible et à force d'en refuser on ne m'en proposa plus. C'était sans importance, quelques économies et mes indemnités de chômage suffisaient à ma survie. De mon fait, toute mes relations s'étiolèrent aussi, à l'exception de Pierre et Philippe, mes amis de toujours. Ils étaient les seuls devant lesquels je n'avais pas honte, pas trop, de mon délabrement.

Celui-ci durait maintenant depuis plus d'un an quand je trouvai sur mon répondeur un message de mon éditrice. Elle m'annonçait une bonne nouvelle. Depuis quelques semaines ma dernière traduction intéressait les critiques et les libraires. Il s'agissait du livre de Mégumi Kobayachi, celui auquel j'avais ajouté une grande quantité de mots. À cette époque je n'étais toujours pas conscient de l'avoir fait. Je ne me souvenais que du titre de ce roman, *Journées d'automne,* ainsi que de son histoire. Mais d'en entendre parler me ramenait à bien autre chose qu'au ton heureux de mon éditrice. C'était retrouver une période, la plus pénible, celle de la fin de Marie, et, instinct de conservation oblige, j'oubliais instantanément ce message.

Mon combat était ailleurs. Le temps, ce meilleur allié de l'oubli, commençait à faire son effet. Non pas pour oublier Marie, il en faudrait beaucoup plus, mais pour alléger ma souffrance. Par moments, il m'arrivait de ne plus avoir mal. C'étaient de courts instants dont la raison m'échappait, mais enfin ils étaient là et, comme j'étais subitement dégagé de la gangue qui m'étreignait, le monde me revenait. Le mur invisible qui me séparait de lui s'effaçait, et, sans encore le retrouver tel qu'autrefois, il cessait de m'apparaître comme l'exact reflet de mon gouffre intérieur. Même très brefs, ces instants étaient la preuve d'une renaissance possible, espoir incroyable quand pendant des mois, chaque jour, chaque minute, chaque seconde, la dépression, c'est là son arme absolue, vous persuade du contraire.

Autant dire que les ventes du roman de Mégumi Kobayachi m'importaient peu. Et pourtant ce livre allait avoir son importance dans mon retour au monde. Ces courts instants de lucidité dont j'ai parlé n'auraient pas suffi. Je restais toujours isolé, sans activité, et, surtout, sans l'ombre d'un projet. Aujourd'hui je me demande comment une vie mentale peut s'éteindre à ce point. Mon corps se déplaçait, allait faire ses courses, faisait un peu de cuisine, puis s'allongeait. C'est dans cette absence que j'écoutais un jour sur mon répondeur un deuxième message de mon éditrice. Je l'entendais parler de l'envol du roman de Mégumi Kobayachi. On en préparait une troisième édition dont le tirage serait nettement supérieur aux deux premiers. Elle énumérait ensuite les nombreuses critiques, toutes positives, qui venaient régulièrement accroître ce début de succès. Puis, sur un ton plus hésitant, ce ton un peu compassionnel qu'on emploie avec les gens dont on connaît le malheur, elle me demandait de la rappeler.

Les nouvelles courent vite dans un métier et Solange savait parfaitement où j'en étais. Dans mon quartier tout le monde était au courant. Mon état physique le montrait. J'avais maigri, ma démarche s'était ralentie et, surtout, je ne pense pas avoir souri une fois pendant cette année. Même avec mon libraire. Du temps de Marie nous étions pourtant très liés et il ne se passait pas trois jours sans au moins un passage dans sa librairie. Aujourd'hui je n'y mettais plus les pieds et quand nous nous croisions notre dialogue se réduisait à quelques banalités. Exceptionnellement, quand lui venait l'impression que j'allais mieux, il tentait quelques mots sur un livre, une nouveauté. Mais à force de me voir refuser de poursuivre il n'insistait plus. C'est dire ma surprise quand, dans le mois suivant ce second appel de mon éditrice, je l'entendais m'interpeller au moment où je passais devant sa librairie. Je le revois me féliciter, en me disant que le succès du livre de Mégumi Kobayachi devait sans doute beaucoup à ma traduction.

C'est une chose qu'on dit toujours aux traducteurs quand un roman marche bien. Mais le fait marquant de cette journée n'est pas là. Il est que ce libraire avait mis en vitrine plusieurs exemplaires du roman. Sept ou huit, les uns à côté des autres. Est-ce la répétition de cette image, de cette couverture, qui a marqué chez moi le retour d'un début de pensée cohérente ? Je crois que oui.

J'avais traduit ce livre. Il représentait une énergie, un travail, un métier, toutes choses oubliées. Ce n'était plus quelqu'un qui m'en parlait au téléphone. C'était visible, tangible. Par osmose quelque chose s'est solidifié à ce moment.

Bien entendu cette figuration de ma vie antérieure n'en marqua pas le retour immédiat. Ce ne fut, encore, qu'un court instant. Mais, contrairement à ceux dont j'ai parlé plus haut, je comprenais la raison de ce dernier. Il n'en était que plus fort. J'en gardais en mémoire la vitalité. C'est sans doute celle-ci qui, deux ou trois jours après, m'a fait revoir, au moment où je m'endormais, la couverture de ce roman. Sous le titre, *Journées d'automne,* on voyait en premier plan les feuilles dorées d'un érable japonais avec, en contrebas, les toits d'une petite ville ancienne.

Puis, quelques jours plus tard, c'est au réveil que l'image de cette couverture est revenue. Elle était là, plus mentale que visuelle, ou peut-être les deux, indéfinissable mélange qui flottait dans mon esprit encore endormi pour finalement ne se dissoudre qu'avec mes premières gorgées de café. Et curieusement, au moment de sa présence, la vision de cette couverture ne me ramenait plus aux jours de ma rupture d'avec Marie. Autre chose se passait que je n'identifiais pas encore et qui aurait sans doute été bien insuffisant pour mon retour au monde si, parallèlement, et à mon corps défendant, le phénoménal succès de ce livre n'était pas venu m'occuper régulièrement.

Le monde s'est mis à m'en parler sans cesse. Discours qui prit toutes les formes possibles. Même ma voisine, qui ne lisait jamais, entendit mon nom à la radio lorsqu'un critique salua mon travail de traducteur. En trois mois, radio, télévision, journaux, s'étaient emparés de ce livre. Dès lors il ne se passa pas trois jours sans que d'une façon ou d'une autre j'en subisse les retombées. En dehors même du message hebdomadaire de mon éditrice qui me tenait au courant de la progression des ventes, toutes sortes de gens, des confrères, des parents, des relations perdues de vue, me laissaient un petit mot pour saluer ce succès et, de là, prendre de mes nouvelles. Mais, exception faite de la famille à qui il fallait bien répondre pour débiter des banalités, je ne rappelais personne.

Le manque d'envie, cette inertie propre à la dépression, me tenait toujours.

Mais il était dit que je n'échapperais pas à ce livre. Et ce fut tant mieux. Paradoxalement, lui dont je m'étais servi pour exprimer le paroxysme de ma dépression allait devenir le moyen de m'en guérir. À force d'en entendre parler et de le voir à la devanture de chaque librairie il finissait par m'intriguer. L'engouement du public surtout m'étonnait. Il arrive régulièrement que la critique et le monde littéraire s'entichent d'un livre. Cela ne garantit pas le succès, notamment pour les livres d'une certaine tenue ou, comme on dit, les livres « difficiles ». Je ne dirais pas que celui de Mégumi Kobayachi l'était, mais il me semblait tout de même bien loin de contenir les ingrédients qui font d'ordinaire les triomphes.

Et c'était bien de triomphe qu'il fallait maintenant parler. On atteignait les deux cent mille exemplaires, inimaginable tirage pour un auteur dont le précédent roman était passé totalement inaperçu. Étrange monde que ce goût du public. Il échappe à toute étude de marché. Les éditeurs publient au coup de cœur ou, pour parler plus vulgairement, au pif. Ils espèrent le bon flair mais malheureusement, dans quatre-vingt-dix-neuf pour cent des cas, l'odorat fait défaut. Malgré tout il arrive que le un pour cent restant les réconcilie avec leurs narines. Ici le roman de Mégumi Kobayachi leur offrait ce plaisir, et dans une telle proportion qu'elle ne pouvait plus me laisser indifférent.

Je me souviens très précisément de l'événement déclencheur, celui qui, après tout ce dont je viens de parler, m'a poussé à relire ce roman. En une journée je rencontrais plusieurs fois le visage de Mégumi Kobayachi. Il s'étalait en couverture d'un magazine féminin dont la publicité couvrait les murs de Paris. Il était impossible de marcher dix minutes sans l'apercevoir de nouveau, visage particulièrement fin mais dont le maquillage, propre à ce genre de magazine, effaçait tout autre trait de caractère qu'un sourire heureux.

J'aurai bien souvent l'occasion de parler du visage de Mégumi Kobayachi. J'en reste pour le moment à l'étonnement de voir l'auteur de *Journées d'automne*, transformée en star de cinéma, voire, parce qu'elle était très belle, en mannequin.

L'envie me vint de voir ce visage, ce succès, de plus près. Non plus à travers une image et des chiffres, mais dans le livre lui-même. C'est ainsi que je suis revenu dans mon bureau. Je n'y avais plus mis les pieds depuis des mois et, dans le désordre qui y régnait, je me souviens avoir passé pas mal de temps à chercher l'édition japonaise. Au passage, j'aurais pu éprouver une émotion à revoir mon ordinateur, mes stylos, mes dictionnaires, mon thermos à café et les deux mille livres qui parcouraient les murs. Mais il n'en fut rien, j'étais tout à coup dans la précipitation, seule l'urgence de redécouvrir Mégumi Kobayachi m'accaparait, soudaine occupation dont je savais, ou plutôt sentais que, en commençant à mettre un terme à des mois de vacuité, elle marquait le début de ma sortie de dépression, première chance dont il ne fallait pas se détourner.

C'est dans cet état d'esprit, cette attention un peu fébrile, que j'ouvris le livre de Mégumi Kobayachi. À l'image du style, sur lequel je reviendrai, l'histoire était très simple. Elle se déroulait sur trois mois, le temps d'un automne, dans une petite ville japonaise. Au départ elle traitait d'un échec. Celui d'une femme, Owa, qui malgré tous les procédés de procréation artificielle n'avait pas pu avoir d'enfant. Face à cette déception, à ce drame, elle et son mari, Yaza, se réfugiaient dans une vie totalement ritualisée. Le machinal, voire le chronométrique, devenaient la loi de ce couple. Yaza en arrivait même à compter le nombre de pas le séparant de son autobus, puis de son bureau. Et il en allait ainsi de tout, presque toujours dans le mutisme. Owa faisant ceci, Yaza cela, et de manière répétée, sans aucun commentaire, belle manière de décrire la mort chez les vivants.

Mais un jour Owa rêvait du visage d'un jeune comptable, nouveau collègue de bureau. Elle en tombait amoureuse. Mais elle niait cet amour. Elle y résistait de toutes ses forces. Rien ne devait changer. Puis elle se l'avouait. Seulement, pour cette femme de quarante ans, c'était un gamin. Elle ne cédait pas. Elle souffrait. Puis le jeune homme partait, et la vie mécanique se remettait en place.

Rien n'avait été dit. Les dilemmes n'étaient formulés qu'à travers les césures du quotidien. Une assiette qui se cassait et qu'Owa ne ramassait pas. L'éternel autobus de sept heures qu'un jour Yaza ne prenait pas, et ainsi de suite ; Mégumi Kobayachi se servait essentiellement de la continuité ou de la fracture du mouvement pour faire vivre ses personnages.

Elle accentuait la paralysie psychique de ces derniers, par l'utilisation d'un style minimaliste. Tout développement était éliminé. La courte description, sans un mot de plus, était la loi. Au bout du compte une atmosphère minérale se dégageait de ce texte. Soumise à une blessure irréparable, l'impossibilité d'enfanter, le personnage d'Owa n'osait plus rien, s'interdisait tout, puis se figeait lentement, jusqu'à se statufier sous le regard d'un mari haineux pour qui cette pétrification était le juste châtiment de l'infécondité.

Roman terrible, d'une grande beauté. Mais aussi d'une telle austérité que, malgré sa brièveté, cent cinquante pages à peine, je n'en comprenais pas le triomphe. On flirtait maintenant avec les deux cent mille exemplaires, chiffre inimaginable pour ce qui ressemblait tout de même à une longue cérémonie mortuaire.

J'en restai d'autant plus sidéré que le premier roman de Mégumi Kobayachi avait été un échec commercial total. J'avais refusé de le traduire par manque de temps, mais je gardais le souvenir précis d'un livre pas si différent de *Journées d'automne*. *Journées d'automne* n'était d'ailleurs pas le titre originel du livre. En japonais il s'intitulait tout simplement « les *Jours* ». Cela n'avait pas d'importance mais dans l'expectative où j'étais mon esprit vagabondait facilement d'une piste à l'autre pour tenter de comprendre l'engouement du public. C'est sans doute cette curiosité qui m'a poussé à ouvrir l'édition française du livre. Je relisais ainsi les premières lignes de ma traduction : « Vers six heures, à l'arrivée de l'automne, le parc se nimbait d'une lumière pourpre. Owa aimait beaucoup ce moment. Il lui rappelait les soirs de son enfance, quand elle rentrait de l'école. À l'époque, elle s'arrêtait au bord de l'étang pour y lancer des cailloux. Elle en comptait les nombreux ricochets. Aujourd'hui l'envie lui venait souvent de reprendre ce jeu. Mais elle avait quarante ans. Qu'auraient pensé les habitués du parc ? Alors elle pressait le pas pour… »

J'arrêtai là ma lecture. Je n'avais pas besoin de plus pour déceler une anomalie dans ces huit phrases. Sans doute étais-je encore suffisamment imprégné du texte japonais que je venais de lire pour y sentir une dissonance. Quelque chose ne fonctionnait pas. Une erreur parcourait ce début de paragraphe. Et je la voyais parfaitement.

J'ai pourtant repris ma lecture. Certains coupables avouent spontanément. D'autres libèrent leur conscience plus lentement. J'appartiens à cette dernière catégorie.

L'aveu devait se faire petit à petit, à travers chaque mot ajouté. Je n'avais pas besoin de comparer ma traduction à l'original pour les voir. Ces mots crevaient les yeux. Je les voyais tous, un par un, toutes les trois ou quatre lignes.

J'en donnerais deux exemples pris dans les huit premières phrases du roman : « Owa aimait beaucoup ce moment. » Mégumi Kobayachi n'avait jamais écrit le mot « beaucoup ». Puis, deux phrases plus loin : « Elle en comptait les nombreux ricochets. » Là aussi Mégumi Kobayachi n'avait jamais écrit l'adjectif « nombreux ». Il était de mon invention, et ainsi de suite il ne se passait pas quatre lignes sans un ajout de ce genre, toujours un simple mot qui, en général, exagérait le sens de la phrase, la dramatisait un peu.

Étrange moment que celui ou, après des années d'aveuglement, la vérité se découvre. Devant ce que j'avais fait j'attendais une angoisse, une panique, au minimum un désarroi. Non pour le forfait littéraire, mais pour ce qu'il représentait comme perte de soi, d'inconscience. Se découvrir victime, pendant des mois, d'un tel dédoublement de personnalité aurait dû, au moins, m'inquiéter. Ce fut tout le contraire. J'étais parfaitement calme.

Les policiers le disent, l'aveu libère. J'étais dans ce cas, soudainement plein d'une quiétude dont j'avais oublié jusqu'au nom. Puis, parce qu'un aveu en entraîne souvent un autre, bien en amont du roman de Mégumi Kobayachi, la totalité de mon histoire m'est apparue. À l'image des pages d'un livre qu'on tourne, chaque étape du massacre de mes traductions s'est racontée. Les points-virgules supprimés, les mots, puis les phrases et les paragraphes jetés, tout m'est revenu avec une précision clinique, doublée de la parfaite conscience que chacune de ces étapes correspondait à un stade de ma séparation d'avec Marie. Plus elle me trompait, et plus je trompais, massacrais mes auteurs. Ils payaient pour elle. Jusqu'au saccage final.

L'envie m'est venue de vérifier le détail de ces déprédations, d'ouvrir mes traductions pour les comparer aux textes originaux. Mais à quoi bon ? Reconstituer un crime ne l'efface pas. Et puis, autre chose prévalait. Une immense fatigue. J'ai dû dormir deux jours, ne me levant que pour un café, un verre d'eau, quelques biscuits, sommeil profond, agréable, réparateur, qui n'avait plus rien à voir avec l'atonie de ma dépression. Et parallèlement, au fur et à mesure de cette lente décompression, une inquiétude commençait à naître. Et si quelqu'un s'apercevait de mon vandalisme ?

Échapper à cette question était impossible. Le retour à la réalité l'imposait. Sur quatre ans, neuf traductions avaient été saccagées, la dixième franchement modifiée. En même temps, si on avait dû le découvrir, on l'aurait fait depuis longtemps. Mais ce n'était pas non plus certain. La supercherie pouvait apparaître maintenant. Des colloques de traducteurs existent, on y compare des textes, sans parler des néophytes qui se forment au métier. À n'importe quel moment une de mes traductions pouvait être étudiée. J'imaginais les têtes découvrant la disparition de paragraphes entiers, puis cette rumeur dans tout Paris d'un fou furieux sévissant dans la place, véritable barbare de la profession, l'Attila de la traduction.

La perception aiguë de mon ancien clivage m'apparut alors en force. Jusqu'à me faire peur. J'avais fait bien davantage qu'une dépression. C'était un acte d'une inimaginable schizophrénie. Il m'est arrivé de me demander ce que, sans le support, le secours de la traduction, j'aurais fait de cette folie. Aurais-je tué ? Sans aller jusque-là, aurais-je frappé Marie ? Serais-je allé démolir l'homme qu'elle aimait ? Aurais-je retourné cette folie contre moi ? Puis j'arrêtai d'y penser. La fatigue, le retour à moi-même me poussaient, non pas à oublier, c'était impossible, mais à remettre cette question à plus tard, façon momentanée, et un peu sommaire, de conjurer le problème pour éviter son retour. Mais j'avais maintenant envie de prendre soin de moi et, pour commencer, d'apprendre à vivre différemment ma solitude.

Quelle pouvait être ma vie sans Marie, et sans la dépression qui était encore une manière de vivre avec elle ? Je n'ai pas eu le temps de le savoir. Un événement imprévu allait m'occuper entièrement. Mégumi Kobayachi était à Paris.

J'allais mieux, mais pas encore assez bien pour répondre librement au téléphone. Mon répondeur me protégeait toujours du monde, et c'est en l'écoutant que j'appris la nouvelle. Je me souviens d'une réaction immédiatement hostile. Rencontrer Mégumi Kobayachi était me retrouver face à ma trahison antérieure et, surtout, à tout ce qu'elle signifiait. J'étais donc tenté de refuser de la voir. C'était facile, je n'avais qu'à prétexter une absence de Paris. Mais dans cette période de reconstruction où j'étais, dans ces premiers pas vers mon rétablissement, je comprenais que fuir ne m'amènerait qu'à macérer dans mon malheur. C'était encore une malice de ma dépression, une de ses dernières ruses pour me tenir. Malheureusement pour elle j'en connaissais désormais les tours. Je voyais ainsi parfaitement qu'au-delà de Mégumi Kobayachi cette fuite était aussi le refus de revoir mon éditrice, et, plus loin encore, le monde. Un pareil isolement ne pouvait plus durer. Y céder était à coup sûr rechuter.

Il faut néanmoins du courage pour revenir sur terre et je me préparai soigneusement à ce rendez vous. J'allai chez le coiffeur. Puis j'hésitai longuement quant à la façon de m'habiller. Nous étions en été et j'optai finalement pour un costume léger. C'était un cadeau de Marie et, en le revoyant, je m'étonnai du manque de prise de ce souvenir. Je m'attendais à plus de tristesse, ou au moins à la nostalgie de ce jour où elle me l'avait offert en Italie. Or je n'éprouvais rien de cela. En fait, j'étais déjà tout à mon rendez-vous du lendemain.

Je me revois sortir de mon quartier. Je ne l'avais pas fait depuis deux ans. J'avais le trac, un peu comme un acteur avant le lever de rideau, et en marchant dans les rues, caché derrière mes lunettes de soleil, je me projetais dans la représentation à venir. Était-il possible que Mégumi Kobayachi se soit aperçue de quelque chose ? C'était peu probable. J'entendais encore mon éditrice me préciser qu'elle ne parlait pas un mot de français. Mais il lui suffisait d'en connaître quelques rudiments, comme on peut en avoir de n'importe quelle langue, pour, dès la troisième ligne de son roman, découvrir que le mot « beaucoup » avait été ajouté. Alors, en apercevant le boulevard Saint-Germain où nous avions rendez-vous, mon cœur se mit à battre un peu plus fort. Je subodorai un incident, une complication, une sale histoire que je pouvais encore éviter en faisant demi-tour. Mais qu'aurais-je évité ? Si mes forfaits devaient être découverts mon absence à ce rendez-vous ne l'empêcherait pas.

J'ai aperçu Mégumi Kobayachi bien avant d'entrer dans la brasserie où nous avions rendez-vous. Elle marchait en compagnie de Solange, mon éditrice, sur le trottoir parallèle au mien. Je ne la voyais que de profil et sa taille m'a tout de suite étonné. Elle était assez grande pour une japonaise, pas loin du mètre soixante-quinze. Puis, tout de suite, je lui ai trouvé une très belle démarche, souple, élégante, avec un port de tête assez haut, un port de reine. Oui, c'était bien une reine que j'allais rencontrer.

Tous les critères de la beauté japonaise semblaient s'être donné rendez-vous sur ce visage aux traits d'une exquise finesse. L'ovale des yeux était parfait, comme la légèreté du sourire. Cette beauté aurait pu paraître un peu trop éthérée au goût occidental porté à plus d'exubérance sensuelle, si une distinction naturelle ne l'avait pas relevée. Cette aisance qui ne s'apprend pas, cette façon d'être immédiatement là, pleine de soi, lui donnait une présence et un éclat accentué par le triomphe que Mégumi Kobayachi vivait à Paris. Cette femme resplendissait de tous ses feux et, je dois l'avouer, elle m'impressionna tout de suite.

En même temps je retrouvais Solange. Le succès de ce livre l'avait métamorphosée. Je ne reconnaissais plus la femme perpétuellement inquiète du devenir de sa maison d'édition. Elle rayonnait de bonheur. Revenir au monde face à deux femmes aussi heureuses effaça tout de suite mes appréhensions. C'étaient deux sourires, deux enchantements qui me parlaient, me regardaient. Alors, sans m'étonner une seconde d'oublier tout ce que j'étais une heure auparavant, je laissai ce plaisir m'envahir. Je répondais aux habituelles questions de l'auteur sur les difficultés de la traduction puis, de là, Mégumi Kobayachi s'intéressa à ce qui m'avait amené à ce métier. Je lui racontai un premier voyage au Japon avec mes parents, la fascination que j'avais éprouvée pour ce pays, puis ma décision d'en étudier la langue à Paris avant d'aller vivre deux ans à Tokyo.

En fait c'était répéter mot pour mot ce que j'avais dit à bien de mes auteurs. Loin d'en être contrarié je le faisais en anglais, pour que Solange puisse suivre la conversation, langue que j'étais content de retrouver aussi facilement. L'homme que j'avais été revenait, celui d'avant mon désastre, celui qui, amoureux des mots, ne se privait jamais de les utiliser pour séduire, briller en société, et, semble-t-il, toujours à bon escient puisque Mégumi Kobayachi n'a pu se retenir, à un moment, de me définir comme le type même du Parisien que toutes les Japonaises aimeraient rencontrer.

Puis nous en sommes arrivés à ce que Mégumi appelait « le miracle » de *Journées d'automne*. Comme tout le monde, elle ne s'expliquait pas ce succès. J'ai eu l'impression qu'il lui était essentiel de le faire, de comprendre pourquoi un pays s'entichait à ce point de l'histoire, si simple, d'un couple de fonctionnaires japonais. Solange avait une explication. Pour elle la fascination Orient-Occident était en train de s'inverser. Elle jouait de plus en plus en faveur de l'Asie dont les succès économiques stupéfiaient un monde qui cherchait à mieux comprendre ce continent en s'ouvrant à sa culture. Explication un peu succincte, elle le savait, et qu'elle compléta d'une analyse plus fine du roman de Mégumi. Pour elle, son originalité tenait en deux mots : mouvement et immobilité. L'essentiel du charme de ce livre résultait du subtil équilibre de ces deux contraires, le mouvement et l'immobilité.

Mouvement et immobilité. Elle répéta ces mots plusieurs fois. Elle en donna plusieurs exemples heureusement toujours cantonnés à la généralité d'une situation. Mais à chaque fois, et parce que le livre de Mégumi était sur la table, j'avais peur de la voir s'en saisir pour entrer dans le détail d'un moment, et surtout d'une phrase, qui m'aurait alors trahi.

Dieu merci, elle ne le fit pas. En face Mégumi écoutait avec une intense curiosité. Par instants elle semblait ne plus comprendre. Sans doute mettait-elle cette analyse sur le compte d'une lecture occidentale, ou alors sur le fait qu'un roman contient souvent des choses qui vous ont échappé.

Mouvement, immobilité. En rentrant chez moi ces deux mots ne me quittaient plus. Fonder le succès du livre de Mégumi Kobayachi sur ce contraste était sans doute un peu facile dans la mesure où il est quasiment impossible d'expliquer tout à fait un engouement culturel. Les paramètres en sont trop nombreux, mais plus j'y pensais et plus il m'apparaissait que ce fameux mouvement venait de mes ajouts.

J'ai voulu le savoir précisément. L'écran de mon ordinateur scindé en deux, j'ai comparé l'original et ma traduction. Cette fois il ne s'agissait plus d'étudier le nombre de mes ajouts, mais leur nature. Et force fut de constater que dans l'immense majorité des cas c'était bien à chaque fois créer un mouvement. Quand Mégumi Kobayachi écrivait : « Comme tous les matins Owa salua son gardien », je traduisais par : « Comme tous les matins Owa salua légèrement son gardien. » Plus loin : « Elle vit une voiture avancer vers elle », devenait : « Elle vit une voiture avancer rapidement vers elle. » Et ainsi de suite, c'était continuellement un adverbe ou un adjectif supplémentaire qui, sans affront direct au style, en atténuait l'immobilisme, y créait un léger mouvement, souvent un sentiment, dont la répétition, toutes les trois ou cinq phrases, finissaient par changer bel et bien le climat du roman.

Pouvait-on attribuer le succès du livre à ce changement ? C'était la théorie de Solange et elle devenait défendable. *Journées d'automne* cessait d'être un poème glacé. L'extrême tension qui y régnait s'adoucissait. Les trois personnages se contenaient moins, s'humanisaient, rendant possible cette empathie indispensable à tout succès.

Bien entendu j'étais loin de m'en croire l'unique responsable. Comme je l'ai dit, tout succès est un faisceau de coïncidences. Mais j'en avais ajouté une, et dans les jours suivants le triomphe de Mégumi m'agaça plusieurs fois. Je ne dirais pas que j'en souhaitais ma part mais par instants les attentions et l'aura qui l'entouraient m'apparurent démesurées dans la mesure où je savais qu'elle n'était pas seule à les mériter. Autour d'elle ce n'étaient que fêtes, cocktails, interviews, le tout dans les endroits les plus luxueux de Paris. Je l'y suivais bien volontiers, plutôt enclin à fuir mon appartement où m'attendaient toujours, bien que de moins en moins, les fantômes de ma dépression.

Cette ambiance festive acheva d'effacer la culpabilité de mon forfait. L'impression de jouer un bon tour au monde commençait à la remplacer. Par moments j'en jubilais, détenteur d'un secret qui finalement, des libraires à mon éditrice, en passant bien sûr par Mégumi, profitait à tout le monde. Dans ce cadre la crainte d'être découvert s'estompait également ; sans prise sur cette éventualité, je m'en remettais maintenant au destin, me disant que si je devais un jour être mis au ban de ma profession il serait toujours temps d'envisager une autre vie. Et puis, surtout, Mégumi Kobayachi m'intéressait chaque jour davantage.

Tel arbre, tel fruit, disait Sainte-Beuve dans sa tentative d'établir une corrélation entre l'auteur et l'œuvre. Proust s'oppose à cette théorie en répondant qu'un livre est le produit d'un autre moi que celui qui se manifeste dans la vie. Or la fréquentation de Mégumi m'aurait bien empêché de choisir entre ces deux doctrines.

Il y avait la Mégumi dont j'ai déjà parlé, celle de toute beauté dont l'élégance naturelle s'imposait immédiatement. Elle ne se privait d'ailleurs pas d'en rajouter, facilement diserte et toujours prompte dans ces interviews comme dans la conversation à afficher une culture et des réflexions indéniablement intéressantes mais qui finissaient par donner l'impression d'une personne s'écoutant un peu trop parler, s'aimant beaucoup, prétention bien sûr encouragée par le fait d'être au centre de toutes les attentions mais dont, en dehors même de ces moments publics, on retrouvait encore la trace dans des regards parfois un peu altiers, ou des intonations à la limite d'une condescendance qui, malgré la gentillesse sans doute destinée à le cacher, confirmaient la très haute idée qu'elle avait d'elle-même.

Elle était bien là du côté de chez Proust, à des années lumière de son personnage d'Owa, de sa réserve, de cette hésitation à vivre, comme du style minimaliste qu'elle utilisait pour la faire exister.

Pencher pour Sainte-Beuve était donc plus difficile. Je ne sentais à aucun moment chez elle quoi que ce soit à même de rappeler le désespoir figé de son roman, sa minéralité, son deuil. Peut-on à ce point écrire a contrario de ce que l'on est ? Je ne le croyais pas. Sous la fougue et la flamme incessante qu'était cette femme, un jardin secret devait bien exister. Je le guettais souvent, mais sans jamais l'apercevoir. Mégumi Kobayachi était-elle à ce point parfaite comédienne ? Ou fallait-il la croire quand, dans une interview, elle affirmait : « Écrire autour de moi ne m'intéresse pas. J'écris pour vivre une différence. »

Et pourtant, il y a eu ce moment d'une autre Mégumi. Ce fut aussi bref qu'intense. Nous prenions un verre sur la place d'un village aux environs de Chambord. Elle avait toujours rêvé d'en visiter le château, visite dont nous parlions encore en évoquant les maniéristes de la Renaissance. Leur peinture l'enthousiasmait ; alors, par provocation, parce que j'aimais parfois la contredire, j'insistai sur leur goût un peu trop prononcé pour la couleur vive. C'est à ce moment que son regard s'est arrêté sur l'église qui se trouvait de l'autre côté de la place.

C'était une petite église romane, très modeste, dénuée de toute décoration. Que s'est-il passé à cet instant ? Était-ce cette église ou, encore une fois, sa façon de refuser de répondre quand on la contrariait, cette manière de passer à autre chose ? Toujours est-il qu'un instant une autre femme est apparue, stupéfiante métamorphose, mélange soudain d'un visage de petite fille menue, maladive, et d'une vieille femme usée, repliée sur elle-même, sidérante transformation, dont aujourd'hui la cause m'échappe toujours. Un masque s'était fissuré ou, par association d'idées avec cette église, ou la peinture maniériste, ou encore autre chose, un archaïsme profond, une angoisse inouïe s'étaient substitués à sa beauté. Elle la retrouva toute de suite, ce ne fut, je le répète, qu'un instant, mais si impressionnant qu'il me fallut quelques secondes pour revenir à elle, comme à moi.

Ce que nous étions reprit le dessus, deux intellectuels heureux d'échanger des points de vues sur l'art, la philosophie, la littérature avec une préférence pour les domaines français et japonais. Nous y cherchions souvent ce qui rapprochait ou opposait ces deux cultures. J'aimais cet exercice, j'y excellais, pas tant pour charmer Mégumi que pour le plaisir de revenir à moi. Oui, jours heureux que ce séjour qui me vit renouer avec le monde, retrouver mes marques, mes amis, mes relations, et tous les lieux où j'avais été heureux sans les voir pour cela me ramener à Marie.

Même l'incident qui allait marquer le départ de Mégumi m'aida à conclure ce retour au monde. J'allais le prendre comme une gifle, une véritable insulte, il allait me faire de la peine, me mettre en colère, autant de signes du réveil de la vie.

En compagnie de Solange nous étions à l'aéroport pour un dernier verre. Peu importe ce qui se disait, nous étions dans une ambiance particulière, cette petite nostalgie propre à la fin d'une belle période. On y sentait une amitié naissante, en tout cas je le pensais, quand Mégumi sortit de son sac un petit paquet cadeau. J'aurais aimé que ce ne soit rien, un objet sans valeur, une babiole amusante, un simple geste amical. Ce fut tout le contraire. C'était une montre. Une montre détestablement chère. Elle était d'une parfaite élégance, sans aucune ostentation, mais son prix, que je devinai, m'éclaboussa immédiatement.

Je crois avoir su faire belle figure. Ni Mégumi ni Solange n'ont pu deviner chez moi cette impression de recevoir une prime. C'était le geste d'un patron à son employé. Je m'étais trompé. J'avais eu le sentiment, pendant ces trois semaines où je l'avais accompagnée presque partout, d'une connivence entre Mégumi et moi, en tout cas d'un lien qui méritait autre chose qu'un pourboire.

J'ai parlé beaucoup plus haut du temps, ce meilleur allié de l'oubli. C'est un partenaire essentiel mais il ne peut pas tout. Et si le séjour de Mégumi, comme la peur de voir mon forfait découvert, m'avaient suffisamment occupé pour en finir avec ma dépression, je restais à la merci de son retour. J'en sentais chaque jour le risque. Traduire, chose que je faisais de nouveau très fidèlement, prenait la majorité de mon temps mais, en dehors de ce travail, un sentiment de mal-être m'habitait constamment. Je le mettais sur le compte de l'absence de Marie. Son souvenir ne m'était pourtant plus une véritable douleur. Comme on dit, je m'étais fait une raison. Je n'avais peut-être pas su l'aimer, bien qu'au fond la fatalité continuait à m'apparaître davantage responsable de notre séparation. Il aurait suffi qu'elle ne rencontre jamais cet homme ; mais bref, j'étais revenu de tout cela, plus de deux ans avaient passé, j'en avais fait le tour, et j'identifiais ce malaise quotidien comme relevant plutôt de l'absurdité de ma vie.

Pour Schopenhauer l'ontologie du bonheur est un leurre. Son existence tiendrait exclusivement de l'absence de souffrance. C'est oublier un peu vite le plaisir. Il en faut, toute la nature le réclame et pour y répondre l'homme lui trouve mille formes dont il prétend que l'amour est la première. Revenu de cette naïveté, il était hors de question pour moi de chercher à pratiquer de nouveau ce suicide. Reste que l'absence de plaisir commençait à se faire sentir. Je le répète, la nature en veut, ses sens l'exigent, demande à laquelle j'allais répondre au prix de quelques kilos supplémentaires.

J'avais oublié un peu vite les plaisirs du terroir. C'est qu'on les voit souvent d'un mauvais œil. L'époque chante l'allégé. La loi du sans sucre et du zéro matière grasse prévaut. Ce diktat culpabilise la papille. Il empêche d'apprécier à leur juste valeur nos grands camemberts et autres éminents jambonneaux de pays. Il est vrai que l'industrie dénature souvent ces produits. De plus, en dénicher les chefs-d'œuvre exige aujourd'hui du citadin une connaissance approfondie de sa ville. On y trouve plus facilement sa dose de shit ou d'héroïne qu'un saucisson dont le géniteur a été saigné à l'ancienne. Malgré tout subsistent quelques officines sachant maintenir ces grands classiques de nos villages. Elles se méritent, leur recherche m'occupait et je n'hésitais pas à traverser Paris pour des rillettes, une volaille plumée la veille ou un saint-nectaire. Ce dernier tient son nom d'un moine du troisième siècle et je tiens à remercier ici les mystères de la métempsycose pour avoir fait du saint homme un fromage que je tiens pour le plus grand.

On dira mes goûts rustiques. Ils l'étaient. L'esprit le voulait. Il lui fallait du corps. Je ne nie pas que cet appel du ventre pour le champêtre venait compenser une déficience existentielle autrement plus importante. Mais l'âme n'est pas tout. La mienne avait trop travaillé, et mal. D'heureux pâtés de sanglier la reposaient mieux que Lao-Tseu ou Augustin, et chaque soir me vit ainsi rendre hommage à nos grands affineurs, à nos ostréiculteurs, aux charcutiers de génie, à quelques rares boulangers et à tous ces discrets artisans qui, à la seconde près, savent faire d'un foie gras autre chose qu'un foie gras.

Malheureusement le destin allait venir encombrer ces heureuses digestions. Solange m'annonça l'envoi du nouveau roman de Mégumi. Je m'étonnais de le voir déjà écrit mais elle m'expliqua qu'avant son séjour parisien Mégumi l'avait déjà aux trois quarts terminé. C'était de surcroît un roman très court, qu'elle me pressait de traduire. Devant le succès français, et en accord avec l'éditeur japonais, elle ne voulait pas, contrairement à l'usage, attendre sa parution au Japon pour l'éditer. Les raisons de cette impatience ne m'étonnaient pas. Mégumi était à la mode, cette dernière est volage et, comme on dit, il faut battre le fer quand il est chaud.

Faut-il dire que ce manuscrit allait s'apparenter à un cadeaux empoisonné ? Pourtant, au départ, il ne le fut pas. Qu'avais-je à craindre ? Il était désormais hors de question d'y pratiquer le moindre ajout. De plus, à la lecture, la facilité de sa traduction m'apparut immédiatement.

C'était la même épure, la même simplicité que celles du précédent livre, des phrases courtes, à traduire littéralement et, encore une fois, à l'image de l'histoire, toute aussi dépouillée. Le roman s'intitulait *Matins de Tokyo*. Il racontait la lente chute d'une jeune fille qui rêvait de devenir chanteuse de rock. Lors de ses premiers concerts au collège, puis dans quelques boîtes de nuit, cette gamine était pleine de vie. Elle quittait ensuite sa petite ville de province pour Tokyo où échecs et désillusions l'attendaient. La lente mortification, identique à celle de *Journées d'automne*, se mettait alors en marche. C'était le même cheminement inéluctable, la fatalité d'un destin, et son acceptation, jusqu'aux premiers pas dans la drogue et la prostitution. En même temps le style sauvait l'histoire du sordide absolu. Sa poésie l'embellissait, elle donnait l'impression que le désistement muet de la jeune fille lui ouvrait une porte d'ordre spirituel, un meilleur avenir, dans un au-delà jamais précisé, que seul ce silence suggérait.

Je me donnais trois semaines pour traduire tout cela. Mais dès la troisième page un trouble s'empara de moi. J'hésitais sur des mots, je m'interrogeais sur des phrases, j'en compliquais certaines, m'y embrouillais, avant de découvrir à la relecture que ces difficultés n'avaient aucune raison d'être. Je les mis d'abord sur le compte de l'appréhension propre à certains débuts. Mais en reprenant mon travail, et en le faisant maintenant très bien, force me fut de constater la persistance de ce malaise. Je ne mis alors pas longtemps à comprendre que le climat du livre de

Mégumi me ramenait aux jours anciens, à ceux de ma séparation d'avec Marie, époque où j'avais traduit *Journées d'automne*. Par association, ce temps me revenait, chaque page de Mégumi ressuscitait cette période de ma rupture. Ce malaise n'avait pas d'autre cause.

Mais de savoir une chose ne l'empêche pas. J'avais beau me raisonner, chasser cette corrélation, elle s'imposait à chaque ouverture du manuscrit de Mégumi. Et, naturellement, l'attendre et la craindre ne faisaient que la renforcer. Je ne m'en dégageais pas, l'arrière-plan de ma rupture s'installait en permanence, son souvenir se développait pour, cessant d'être une réminiscence, redevenir par instant ce qu'il avait été, cette souffrance qui m'avait conduit à la dépression.

Quand on en est sorti, on ne joue pas avec ces prémices. J'étais encore fragile, et je ne me voyais pas de taille à lutter contre ce genre de retour. Pourtant j'hésitais. Abandonner la traduction de Mégumi m'apparaissait comme une lâcheté, ou comme l'aveu que, contrairement à ce que je croyais, je n'étais pas complètement rétabli, en tout cas pas encore maître de moi.

Mais au final ces hésitations m'apparurent aussi pénibles et dangereuses que leurs motifs, et j'y mettais un terme en tranchant dans le vif. J'abandonnais cette traduction. J'en ressentais un soulagement mêlé à une culpabilité dont j'ai eu du mal à me défaire, notamment à cause de Solange qui ne voulait pas entendre parler de cet abandon. Elle insista plusieurs jours pour que j'y renonce, et de différentes façons au point, à un moment, dans un curieux silence, de me donner l'impression d'une menace. Avait-elle découvert mon précédent forfait ? Cette possibilité ne m'inquiéta pas longtemps. Solange n'avait aucun intérêt à sa divulgation. Mais ce que je jugeais, à tort ou à raison, avoir été une intimidation, paracheva ma décision d'en finir définitivement avec tout ce qui pouvait concerner Mégumi Kobayachi.

Il existe une vaste controverse autour du pâté en gelée, vulgairement appelé pâté en croûte. Ses amateurs s'opposent quant à ce qui en fait la splendeur. Ils la mettent au choix sur le pâté lui-même, sur la croûte qui l'entoure, ou sur la gelée placée entre ces deux composants. Le non-initié pencherait pour le parfait alliage de ces trois éléments. Mais les grands disciples de cette charcuterie estiment qu'il s'y trouve une dominante. Selon certains, la gelée serait la clef de voûte de cette préparation. Pour d'autres, et leurs arguments sont loin d'être négligeables, la viande ferait loi. Peu s'attachent à la croûte généralement assimilée à une simple pâte boulangère. L'adepte relèvera tout de même qu'en 1977, au Salon de l'agriculture de Bruxelles, la croûte d'un pâté, lui-même médaillé d'or, se voyait gratifiée d'une mention de première catégorie. Distinction dûe à une corruption du jury, a-t-on dit à l'époque. Mais, bref, quelles que soient ses variantes il faut admettre que l'herméneutique entourant le pâté en croûte se déroule majoritairement autour de sa viande et de sa gelée.

Cette dispute m'intéressait. J'avais depuis longtemps envie d'en avoir le cœur net. Aussi, en apprenant dans la revue *Terroirs de France* la tenue des Quatorzièmes Assises de la charcuterie périgourdine, je décidai de m'y rendre. J'aurais la chance d'y rencontrer Raoul Bergereau, meilleur ouvrier de France 2004 pour avoir composé une gelée d'anthologie. Malheureusement, et alors que j'étais sur le point de réserver mon billet pour Périgueux, je reçus un coup de téléphone de Solange. Elle me proposait, à la même date, un autre colloque. Un ennuyeux. Un de ceux que je connaissais par cœur, un séminaire consacré à la littérature japonaise.

J'aurais pu refuser mais une raison toute prosaïque m'en empêcha. Pendant des années Solange avait été ma principale source de revenus mais, depuis mon refus de traduire Mégumi Kobayachi, nous avions quasiment rompu les ponts. Malheureusement les éditeurs publiant des écrivains japonais ne courent pas les rues. La maison de Solange éditait la plupart d'entre eux et notre brouille m'obligeait depuis plusieurs mois à traduire des mangas ou des dossiers techniques. Non contentes de rapporter peu, ces traductions m'ennuyaient. Renouer avec Solange était l'occasion de retrouver des traductions dignes de ce nom, et j'annulai mon voyage dans le Périgord.

Le colloque, intitulé « Écrivains japonais d'aujourd'hui », se tenait à Deauville. Je connaissais bien ces séminaires qui, sous couvert de culture, servent surtout à entretenir des relations autour d'un verre. J'étais le premier à m'y rendre pour cela, mais à peine avais-je pris le train que l'idée de revoir Mégumi Kobayachi me mit mal à l'aise.

Solange m'avait prévenu de sa présence et, même sans avoir beaucoup pensé à elle pendant ces derniers mois, je ne l'avais pas oubliée. D'ailleurs, si je l'avais voulu, le monde m'en aurait empêché. Le fiasco absolu de son dernier roman, *Matins de Tokyo*, que j'avais refusé de traduire, avait occupé longtemps les conversations du monde littéraire. Succédant au triomphe de *Journées d'automne* une telle déconvenue avait surpris. Mais l'échec était complet, la critique, comme les libraires, s'étaient étonnés de découvrir un style glacial, monotone, qui rendait l'histoire ennuyeuse. Et le public, malgré une forte campagne publicitaire venue à la rescousse, avait suivi. Les ventes n'avaient jamais décollé. Le naufrage était total.

Je ne m'étais jusque-là jamais cru seul responsable du succès de *Journées d'automne*. Je voulais bien admettre que l'ajout d'un mot, toutes les trois ou quatre lignes, ait pu jouer sur le climat du livre, notamment en le rendant plus vivant. Mais je n'avais jamais franchi le pas de déclarer cette influence déterminante. Malheureusement pour Mégumi Kobayachi, un fait indéniable allait me pousser à le faire.

Au vu de son triomphe français, *Journées d'automne* avait été acheté par une vingtaine d'éditeurs étrangers. Par ouï-dire, comme à travers les journaux professionnels, j'étais au courant du résultat de ces parutions internationales. Or, dans aucun pays, le livre n'allait connaître le moindre succès. Ce fut à chaque fois le même échec, aussi bien critique que public.

Dès lors, l'idée d'être l'unique cause de sa réussite en France s'installa. J'avoue en avoir éprouvé une certaine frustration. Elle ne venait pas d'un sentiment d'injustice ou d'un besoin de reconnaissance, mais d'avoir fait un cadeau à une femme que je n'aimais pas beaucoup. Je gardais en mémoire la façon dont elle m'avait traité, cette montre, cette prime, que j'avais prises comme un os jeté à un domestique. De la même manière, la lecture de ses vœux en janvier m'avait déplu. Son bref mot sur une carte, me souhaitant une bonne année, et me félicitant encore de mes talents de traducteur, suintait l'amabilité de surface, la politesse obligée, et je n'y avais pas répondu.

Faut-il incriminer cette seule raison pour expliquer l'incorrection dont j'allais faire preuve envers Mégumi pendant ce séminaire ? Ou était-ce, comme je l'ai pensé un peu plus tard, que sa présence, à travers *Journées d'automne*, s'associait encore aux jours de ma rupture avec Marie ? J'y ai longtemps pensé pour finalement éliminer cette dernière explication. Depuis des mois Marie ne m'était plus rien.

Au hasard de quelques relations communes il nous était arrivé de nous revoir et, à chaque fois, mon indifférence m'avait stupéfié. Comment ma femme, pendant des années objet absolu de mon amour, de ma tendresse, de tout ce qui fait la beauté d'une vie, pouvait-elle à ce point m'être devenue étrangère ? On parlera encore du temps, de l'instinct de conservation, ou de tout autre système d'auto-défense mais, quelle qu'en soit la mécanique, la disparition de l'amour est bien une des choses la plus mystérieuse qui soit. À la vue du sourire de Marie, de ses yeux, comme à l'écoute de cette voix qui avait enchanté mes jours, je guettais, en la craignant, la plus infime résurgence d'un sentiment amoureux. Sans en sentir à aucun moment la trace. Marie ne m'était vraiment plus rien. Elle n'était qu'un souvenir. Et, curieusement, davantage celui d'un échec que d'un amour.

Au-delà de l'amour, cette indifférence ouvrait un autre vertige. C'était, subitement, douter de tout. Si trois ans suffisaient à effacer ce qui est donné pour la plus belle chose du monde, l'amour, quelle valeur accorder au reste ?

On pourrait en parler aussi longtemps que dure le débat de savoir si les choses ont une valeur parce qu'elles sont éphémères ou si, au contraire, elles n'en ont aucune pour la même raison. Mais mon propos n'est pas là. Il est de comprendre ce qui, lors de ce séminaire à Deauville, m'a poussé à être aussi désagréable avec Mégumi Kobayachi.

Je l'ai dit, son souvenir ne m'était pas agréable. Reste qu'il ne pouvait pas à lui seul justifier mon agressivité. Car c'est bien d'agressivité dont il faut parler et même, à certains moments, de franche grossièreté. Cette impolitesse n'était pas préparée, elle m'est venue spontanément, à mon corps défendant. Cette expression, à mon corps défendant, est une des plus justes qui soit. Face à l'absence de discernement, le corps défend, son intelligence parle, elle protège. Plus tard, on regrette souvent son emprise, j'allais le faire mais, sur le coup, elle me fut absolument nécessaire. Me retrouver en tête à tête avec Mégumi Kobayachi aurait en effet pu tourner à l'incident.

Je n'ignorais pas à quel point le succès français de *Journées d'automne* avait fait d'elle une vedette au Japon. Ce pays exporte peu d'artistes, et même si le prestige de la France n'est plus ce qu'il était, il reste suffisant pour que l'opinion japonaise ait glorifié l'un des siens pour y avoir fait un triomphe. Je le savais, mais de le voir me fut sans doute insupportable.

J'eus l'impression d'un colloque qui lui était entièrement consacré. C'était très exagéré mais, comme souvent avec moi, il me fallut quelques jours pour le réaliser. Sur le coup je n'ai vu que cela : Mégumi partout, Mégumi encensée, Mégumi au centre de tout.

Cette impression m'a saisi dès mon entrée dans le hall de l'hôtel Normandie. J'attendais mon accréditation devant la réception quand plus loin, dans le grand salon, j'aperçus Mégumi. Elle était au milieu d'un groupe de personnes qui l'écoutaient attentivement. En m'approchant je constatai qu'elle n'avait pas changé, toujours aussi volubile, le sourire épanoui vers ces gens parmi lesquels je reconnaissais l'ambassadeur du Japon et un secrétaire d'État aux affaires culturelles. En me voyant elle me fit un petit signe de la main qui était à la fois un bonjour et un geste m'intimant de patienter.

Je n'eus pas le temps de le faire. Je venais d'apercevoir Solange un peu plus loin. J'étais venu ici uniquement dans l'espoir de la rencontrer pour de nouvelles traductions, et je me dépêchai de la rejoindre. Elle était en compagnie de plusieurs éditeurs japonais qu'elle me présenta. Leur conversation portait sur les droits financiers internationaux et je compris assez vite que ce n'était pas le moment de l'entretenir de ce qui me préoccupait. Je la laissai donc là pour aller retrouver un professeur de littérature japonaise que j'appréciais particulièrement.

Un peu plus tard j'ai pensé rejoindre Mégumi. Mais c'était maintenant le grand cocktail. La foule était si dense que je n'avais pas le courage d'y jouer des coudes pour partir à sa recherche. De toute façon cela n'aurait servi à rien. En haut d'une estrade un homme tapotait sur un micro pour réclamer le silence. Et ce fut un enchaînement de discours. De l'ambassadeur du Japon au maire de la ville en passant par un ministre, chacun y alla de son amitié franco-nipponne. Cela tournait à l'interminable et l'envie me prit d'aller prendre l'air quand, soudainement, Mégumi fut appelée sur l'estrade. Elle recevait un prix. Un prix parfaitement inconnu, décerné par des mécènes japonais pour son dernier roman. Elle remercia très simplement en citant ses sponsors, puis elle souligna son plaisir de retrouver la France, son pays d'adoption, le pays de la culture, autant de banalités qui m'intéressaient moins que le nombre de caméras qui la filmaient. J'apercevais leurs logos. C'étaient ceux des plus grandes chaînes de télévisions japonaises et, à les voir toutes présentes, je compris que l'échec de *Matins de Tokyo* n'avait en rien atténué la célébrité de Mégumi au Japon.

Je m'en rendis encore compte lors du déjeuner. Nous n'étions pas placés à la même table et je ne la voyais que de dos. Mais, alors que ce colloque était censé concerner plusieurs écrivains japonais, elle était la seule à être en compagnie de l'ambassadeur, du ministre, et de toutes les autorités qui organisaient cette journée. Cela dit, sur le coup je n'y prêtai qu'une attention relative. Le champagne et les bons vins aidant, j'étais beaucoup plus amusé par un de mes voisins de table, un vieux Japonais qui avait passé sa vie à photographier tous les Bouddhas du Japon. Il cherchait un éditeur français pour publier les plus beaux et comptait sur moi pour l'aider. Enfin, au moment du café j'aperçus Mégumi qui se levait de table. Elle me vit aussi et de nouveau me fit un petit signe à la fois pressé et désolé pour m'expliquer qu'elle devait rejoindre le grand salon où les écrivains signaient leurs livres.

Mais j'avais envie d'une cigarette que j'allai fumer dehors. C'est de là, à travers les baies vitrées du grand hôtel que je l'observai en train de dédicacer ses romans. Ils étaient posés en piles sur la petite table derrière laquelle elle était installée. D'où j'étais je distinguais parfaitement la couverture de ceux que les gens lui réclamaient. Neuf fois sur dix, c'était *Journées d'automne*. Deux ans après sa sortie ce livre continuait à partir comme des petits pains. Mégumi m'a-t-elle vu à ce moment ? J'eus l'impression d'un regard furtif, immédiatement aussi fuyant que le mien.

Quelques instants plus tard cette impression de gêne mutuelle allait se confirmer mais, cette fois, autour d'une raison bien précise : je ne portais pas la montre qu'elle m'avait offerte un an auparavant. Cela se produisit après l'avoir rejointe devant la table où elle signait ses livres. En me voyant elle se leva tout de suite pour m'embrasser, me demander de mes nouvelles, me dire son bonheur de me revoir. Naturellement elle ne pouvait pas m'accorder davantage de temps, il lui fallait poursuivre ses signatures. Et c'est au moment de le faire, en reprenant place devant sa table, qu'elle s'aperçut de l'absence de son cadeau à mon poignet. Un embarras réciproque nous a alors saisis, instant de confusion qu'elle a immédiatement interrompu en retournant à ses lecteurs.

Je n'eus pas le temps de m'en vouloir de cet oubli. Je venais d'apercevoir Solange et, la prenant à part, je lui disais tout net mon étonnement de ne plus recevoir la moindre demande de traduction de sa part. Tout aussi franchement elle m'avoua n'avoir pas du tout apprécié mon refus de traduire *Matins de Tokyo*. Mais elle ne m'en voulait plus. Pour preuve elle m'entraîna devant le stand des éditeurs japonais où elle me montra un livre dont elle venait d'acquérir les droits. Il racontait le voyage d'un colporteur dans le Japon du douzième siècle. Cet homme rejoignait l'autre bout du pays pour retrouver une maison dont il avait hérité. C'était un roman épique, au héros sans cesse confronté à des aventures guerrières ou amoureuses, tour à tour drôles et tragiques. Sept cents pages que j'acceptai tout de suite de traduire.

J'étais venu pour cela. Je n'avais plus rien à faire ici. Ne me restait qu'à dire au revoir à quelques connaissances. Je les cherchais dans la foule qui envahissait maintenant le grand salon pour le cocktail final. L'ambiance se débridait, et c'est dans cette cohue qui forçait un peu sur le champagne que j'aperçus de nouveau Mégumi. Elle était au milieu d'un groupe de Japonais qui photographiaient à tout va. Dans le crépitement des flashs, et visiblement un peu ivre, elle n'arrêtait pas de rire en prenant la pose avec les uns et les autres. On était loin des photos officielles de la matinée, c'était un joyeux désordre, une petite fête dans la fête, tout le monde s'y mêlait, l'ambassadeur gentiment éméché, le directeur de l'hôtel, les éditeurs, les attachés de presse et, en me voyant, Mégumi eut plusieurs fois un geste pour m'inviter à la rejoindre dans ce groupe de fêtards.

J'allais le faire quand un sentiment extrêmement désagréable m'arrêta. Mégumi n'arrêtait pas de réitérer son geste d'invite vers d'autres personnes. C'était à qui voudrait bien venir vers elle. Je ne l'ai pas supporté. De quel droit osait-elle me placer ainsi sur le même plan que les uns et les autres ? Comment pouvait-elle me considérer comme le tout-venant, quand tout ce qu'elle vivait, quand l'essentiel de son succès venait de moi ? Et je suis parti.

Comprendre à retardement semble être une de mes spécialités. Il m'a ainsi fallu plusieurs jours pour réaliser que mon départ de Deauville, ou plutôt ma fuite, car c'est bien de cela qu'il s'agissait, n'avait en aucune façon été provoquée par la vue du succès de Mégumi ou une quelconque condescendance de sa part. C'est moi que je fuyais. Moi, deux ans auparavant, en train de détourner son livre. Une fois de plus, je n'avais vu que ce qui m'arrangeait. Et de la même manière que son cadeau, sa montre, m'était apparu insupportable, alors que ce geste était en fait très généreux, j'avais encore trouvé un prétexte pour détaler comme un lapin. Détaler sous le coup du souvenir de ma folie. Oui, folie, le mot était de nouveau lâché en repensant à la démence qui m'avait poussé à transformer chaque jour le roman d'un autre.

Ainsi, et alors que je croyais en avoir fini avec cette histoire, il en restait des traces. Il avait suffi de

Mégumi pour m'y ramener. Tout le reste, ne pas avoir pris le temps de la rejoindre dans la foule, ou trouver sans cesse d'autres excuses pour l'éviter, n'avait été que lâches échappatoires.

Cette tardive prise de conscience m'est paradoxalement venue dans un endroit d'ordinaire destiné à l'oubli. Mon cercle de billard. Depuis mon divorce je fréquentais assez régulièrement ce lieu silencieux et peu connu. Pour l'atteindre il faut traverser un immense café toujours bondé et très bruyant. Mais, arrivé au fond, on découvre une porte discrète, sur laquelle sont dessinées trois billes, deux blanches et une rouge. Un petit escalier mène ensuite à une salle. Là, quatre billards, doucement éclairés, vous attendent. Cette pénombre n'est pas sans rappeler celle de certaines cryptes. Les gens qui jouent là semblent en tout cas le vouloir. On y parle peu, et toujours à voix basse. Cette retenue bannit toute question d'ordre personnel. Le grand assassin ou l'évêque défroqué, comme tout autre proscrit du monde d'en haut, verra son anonymat garanti. Seule la circulation des trois billes intéresse. Cette circulation, lente, raffinée, dont la réussite n'est jamais assurée, occupe totalement l'esprit. Ainsi une impression de recueillement, voire de méditation, vous saisit. Les gens qui viennent là y sont pour beaucoup. On y trouve nombre d'accidentés de la vie, comme moi, mais aussi de grands dilettantes revenus de tout. Certains passent ici des après-midi entières, parfois sans jouer, ou au contraire jusqu'à plus soif. Mais le résultat est le même : le monde s'efface, on l'oublie.

Et pourtant c'est là, en manquant un point assez facile, qu'un rideau s'est ouvert. Mon comportement à Deauville m'est revenu. J'ai revu le visage de Mégumi. J'ai revu ses sourires et ses gestes répétés qui m'invitaient à la rejoindre. Ma grossièreté m'est apparue. Puis, sans le voir, j'ai regardé Dumoulin, le meilleur joueur du cercle, enchaîner point sur point. Sans un regard pour moi, il a terminé la partie. À côté, Fabre, autre figure historique du lieu, s'est abstenu de tout commentaire. Tous deux sentaient qu'au fond de ce souterrain, quelque chose d'important m'arrivait, se révélait.

En aurais-je fini un jour avec mon inconscient ? Étais-je encore capable de vivre consciemment l'instant présent ? M'était-il possible de comprendre ce qui s'y passe, ou me faudrait-il toujours deux ou trois jours pour le faire ? Ce décalage systématique, sans doute défensif, non content de m'inquiéter, me faisait maintenant honte. Face à mon comportement, j'imaginais la surprise de Mégumi. Elle n'était pour rien dans tout cela. C'était une femme charmante qui profitait d'un succès dont elle ne pouvait pas savoir qu'il était en partie dû à un autre. Rien ne lui faisait mériter la muflerie dont j'avais fait preuve en l'évitant.

Cette culpabilité m'a poursuivi quelques jours. Elle me fit mal jouer au billard, comme aussi manquer la préparation du fameux pâté en gelée que je rêvais de réussir. Mais, au-delà de cette culpabilité, c'est toute ma personne qui continuait à m'inquiéter. S'il m'était compréhensible d'avoir aveuglément détourné une traduction pour compenser la violence que Marie m'imposait en cessant de m'aimer, il m'était désormais impossible d'accepter ce type d'égarement.

Il était temps d'en finir avec ces lapsus comportementaux et j'ai pensé au docteur Freud. Une bonne psychanalyse pouvait m'aider à remettre les pendules à l'heure. Malheureusement, je n'eus pas le temps de m'y préparer. Mégumi allait s'installer dans ma vie, de manière inéluctable, jour après jour, comme une fatalité.

Cela commença par un dîner chez Solange. J'apprenais que Mégumi s'y trouverait et, loin de me contrarier, cette annonce me fit plaisir. C'était l'occasion rêvée de me faire pardonner ma goujaterie. Porter sa montre en était la première condition. Je me souviens du moment où j'ouvris le tiroir où elle était enfermée depuis des mois. En la découvrant, en la soupesant, mon dérèglement ancien m'effraya encore. Je me revoyais haïssant à travers cet objet mon acte passé. Aujourd'hui il était important de ne plus y penser autrement que pour se souvenir d'un homme qui, pour un amour brisé, avait frôlé la folie. Les emblèmes de cette époque, que ce soit cette montre ou Mégumi, ne devaient plus me troubler. Tout cela était maintenant loin, si loin.

Si loin que le lendemain, et avant de me rendre à ce dîner, j'eus envie d'offrir un cadeau à Mégumi, façon, encore, de faire oublier ma grossièreté. Je savais qu'il était dans ses intentions de s'installer à Paris pour quelque temps et je lui achetai un plan de la ville.

À quel moment, lors de ce dîner, ai-je senti une étrange connivence entre elle et Solange ? C'est difficile à dire. Ce fut davantage une impression diffuse, qui s'installa par paliers. Mais dès le début j'eus le sentiment que le plan de Paris que j'offrais à Mégumi faisait autant plaisir à Solange. De la même façon je la vis à un moment se réjouir en constatant que je portais cette montre, comme si c'était elle qui me l'avait offerte. Les deux femmes avaient-elles évoqué mon comportement à Deauville ? Solange était-elle heureuse de voir que je ne fuyais plus Mégumi ?

S'il n'y avait eu que cela je ne m'y serais sans doute pas attardé. Mégumi en effet, et comme à son habitude, prit toute la place. Je retrouvais avec amusement son enthousiasme pour tout et rien, et cette santé avec laquelle elle installait une convivialité immédiate autour d'elle rendit tout de suite la soirée très agréable, à croire que c'était elle qui recevait. Se trouvaient là un écrivain japonais et sa femme, une journaliste américaine et son mari, également traducteur. De là, nous en sommes évidemment venus à parler métier. J'évoquai la traduction qui m'occupait, celle des aventures de ce colporteur japonais du douzième siècle. Elle était assez sophistiquée puisque, sans tomber dans le japonais ancien, il fallait tout de même en donner l'impression au lecteur. J'en citai quelques exemples que tout le monde discuta jusqu'au moment où, je ne sais plus très bien comment, cette journaliste me demanda pourquoi je n'avais pas traduit le dernier roman de Mégumi. J'y allai de ma réponse habituelle, à savoir que je n'aimais pas traduire deux fois de suite le même écrivain. Et c'est à cet instant que Mégumi et Solange baissèrent ensemble les yeux. Ce fut très bref mais, installé en face d'elles, je le vis parfaitement. Comme m'apparut aussi, tout aussi brièvement, le même éclair amusé dans leurs regards quand elles levèrent les yeux.

Cette parfaite synchronisation allait me préoccuper. J'y pensais encore dans ma voiture en rentrant chez moi. Je revoyais ces deux regards qui, incontestablement, s'étaient dérobés au mien. Pourquoi le même réflexe chez ces deux femmes ? Savaient-elles ? Avaient-elles compris que mon refus de traduire le dernier roman de Mégumi n'avait rien à voir avec ce que je prétendais ? À la limite, Solange pouvait le savoir puisqu'il m'était arrivé, pour un autre éditeur, de traduire deux fois de suite le même auteur. Mais Mégumi ? À moins que Solange ne le lui ait dit ? Et pourquoi aussi cette même lueur d'ironie quand elles avaient relevé les yeux ?

Rentré chez moi je me débarrassai de ces deux regards en revenant à l'argument massue dont je m'étais servi un an auparavant pour chasser toute crainte d'être découvert : si Solange ou Mégumi s'étaient aperçues de quoi que ce soit, elles seraient les premières à en garder le secret. La chose était entendue, certaine. Et c'est dans cet état d'esprit, parfaitement tranquillisé, que je m'apprêtai le lendemain à un bel après-midi de billard quand mon téléphone sonna. C'était Mégumi. Passé quelques mots sur l'agréable soirée chez Solange, elle en vint au fait. Elle souhaitait assister à ce que j'appelais mes « conversations ». J'avais parlé la veille de ces cours que je donnais régulièrement chez moi à des japonais. Il s'agissait de parler français, en groupe, sous ma direction, d'où le nom de conversation. C'était pour moi un complément de ressources non négligeable et assez facile, mon rôle ne consistant qu'à corriger verbalement les fautes des uns et des autres.

J'ai tout de suite accepté que Mégumi y vienne. Pour le regretter assez vite. Je m'en suis aperçu au billard. Je n'arrêtais pas de manquer des points. Malgré moi, un lien s'établissait entre la soirée de la veille et cette demande de Mégumi. Le regard qu'elle avait échangé avec Solange me revenait pour automatiquement engendrer cette question : savait-elle ? Et de n'avoir rien à craindre de cette éventualité ne changeait rien. La question restait. C'était un poids que le temps et la distance avaient jusque-là effacé mais que la simple idée d'une fréquentation régulière de Mégumi imposait de nouveau.

L'envie de la décommander m'est venue. Ce ne serait pas très compliqué. Lors de son premier séjour je l'avais parfois entendue s'essayer au français. Elle était loin du niveau requis pour participer à mes cours et il me serait facile, sans la heurter, de le lui faire remarquer. En y pensant je me reprochais de ne pas l'avoir fait au moment de sa demande. Encore une fois j'avais manqué de réflexe. Mais il n'était pas trop tard, et je l'appelai. Malheureusement elle était sur répondeur et, je ne sais pas pourquoi, j'ai tout de suite raccroché.

Cela n'a fait que m'agacer davantage. Pourquoi étais-je incapable de lui laisser un message ? Comme seule explication j'admis qu'il eût été mal élevé de la congédier sur répondeur. La chose devait se faire de vive voix. Je rappelai donc un peu plus tard mais, encore une fois, elle était absente et je ne laissai pas de message. Et il en alla de même lors de mon troisième appel.

Je décidai alors de la rappeler le lendemain. Ce temps fut-il fatal ? Il me fit en tout cas changer d'avis. Attelé à ma nouvelle traduction il ne se passait pas dix minutes sans penser à elle. Il était évident qu'elle me préoccupait trop pour ne pas cacher autre chose. Autre chose qui m'apparut rapidement. J'étais en train de reproduire ma fuite de Deauville. Refuser de recevoir Mégumi était de nouveau éviter le souvenir de ma trahison. Je n'en supportais toujours pas l'empreinte. J'en avais encore peur.

La fuite est-elle une solution ? Les présocratiques le disent. Le plus grand d'entre eux, Démocrite, en fait même une vertu essentielle. Peut-être a-t-il raison mais ici, dans mon cas, fuir ne ferait pas disparaître Mégumi. Installée à Paris, elle pouvait ressurgir de bien des façons. Allais-je vivre ainsi dans la crainte d'un coup de fil, d'une rencontre, d'une allusion, bref de tout ce qui pouvait me rappeler mon forfait et la sidérante schizophrénie qui l'avait autorisé ? Non, au contraire, je ne me libérerais de cet acte qu'en étant capable de fréquenter tout ce qui pouvait me l'évoquer. Ne pas le faire aurait été admettre la pérennité de ma dépression, sa peur, sans oublier que cette reddition ne tarderait pas à me faire subir le poids de ma lâcheté.

J'ai décidé d'accueillir Mégumi comme une princesse. Au propre, comme au figuré, j'ai mis les petits plats dans les grands. À la fin de mes cours j'avais pour habitude d'offrir à mes élèves quelques spécialités de ma composition. C'étaient de petites choses, des curiosités régionales, des quiches et autres tourtes accompagnées de salades vite préparées. Mais ce jour-là, résolu au grand jeu, j'hésitais entre un poulet à l'estragon, une entrecôte marchand de vin ou une pintade farcie pour finalement, connaissant le goût japonais pour le poisson, me décider pour des coquilles Saint-Jacques. Leur succéderaient quelques rougets que j'accompagnerais de légumes à l'étuvée, le tout arrosé de Pouilly-Fuissé que j'allais acheter chez un des meilleurs cavistes de Paris. Je me souviens cette après midi-là d'un sentiment de victoire devant mes fourneaux, presque d'une libération. Oui, organiser ce petit festin pour Mégumi était infiniment plus intelligent, plus fort, que de la fuir.

On dit souvent qu'une femme qui joue peut devenir n'importe quelle femme. Mégumi jouait-elle déjà ? C'est possible. Tout de suite, en la voyant sur le palier, j'eus l'impression d'une autre personne. À l'aide d'un bandeau elle avait ramené ses cheveux en arrière et, sans sa coiffure léonine qui prenait tellement de place dans sa personnalité, elle perdait beaucoup de sa superbe, soudainement moins solaire, changement accentué par une discrétion vestimentaire, ici un simple jean et un polo, que je ne lui avais jamais vue. Et puis, même si arriver dans un nouvel endroit incline toujours à une certaine réserve, la retenue dont elle fit preuve en étant présentée à ses cinq compatriotes m'étonna encore.

Sans avoir lu ses livres ils la connaissaient de nom, nouvelle preuve de sa célébrité japonaise. Et, là encore, elle, d'ordinaire si prompte à se vouloir le centre de tout, fit preuve d'un effacement que je ne lui connaissais pas. Elle répondit du bout des lèvres à une étudiante qui lui demandait la raison de sa présence à Paris. La rencontrant pour la première fois, ses compatriotes la jugèrent sans doute timide, ou peut-être orgueilleuse, ce qui installa une légère gêne à laquelle je mis un terme en débutant immédiatement mon cours.

La règle en était simple. On devait exclusivement parler français, conversation qu'à l'aide d'un livre je lançais habituellement autour de la culture. J'attendais bien sûr de voir où en était le français de

Mégumi. Même sans le craindre, vérifier si elle était capable de découvrir les changements apportés à *Journées d'automne* m'intéressait. Ce n'était pas le cas. Son niveau était à peine celui d'une collégienne de première année. Devant des photos de cathédrales, et pour dire qu'elles étaient belles, cela donnait : « Cathédrales vont beaux. » Je la reprenais ainsi en permanence, et par moments ses fautes étaient si drôles que seule la politesse empêchait les autres d'en sourire. Elle le comprit assez vite et pour ne plus entraver la marche du cours elle se contenta d'écouter poliment en prenant des notes sur son petit cahier. Une seconde, en la voyant ainsi, bien appliquée et les yeux baissés vers ses notes, j'eus la vision d'une sage petite écolière. Devina-t-elle cette impression ? Je ne sais pas, mais sans croiser son regard j'eus la vague impression d'un amusement mutuel. Elle jouait, oui, forcément, elle jouait.

Mais une fois le cours terminé j'en fus moins sûr. Il n'était plus obligatoire de parler français et j'attendais le retour de l'habituelle Mégumi. Je ne le vis pas. Certes, comme les autres, elle s'extasia sur mes talents culinaires. Mais c'était une autre Mégumi qui le faisait. L'énergie que je lui connaissais, ce dynamisme permanent, ses rires pour un rien, et toutes ses manières d'occuper le terrain, n'étaient plus là. Je découvrais une femme beaucoup plus tranquille, je dirais presque banale, en tout cas quelqu'un qui n'extériorisait aucun caractère particulier et se contentait d'être là, à l'unisson des autres, ni plus ni moins.

Malgré tout, le lendemain, j'ai continué à mettre cette attitude sur le contexte d'un premier cours et, notamment, sur l'insuffisance de son français. C'est alors qu'un étrange phénomène, qui allait souvent se répéter, s'est produit. Elle m'a téléphoné pour m'entretenir de ce qui me préoccupait. Parfaitement consciente de la faiblesse de son français elle craignait d'être une gêne. Politesse oblige, je mis un bémol à cette crainte. Mais cela ne l'empêcha pas d'insister en mettant plusieurs fois l'accent sur les moments où, en effet, elle avait freiné le cours. Reste que, en même temps, elle ne m'annonçait pas clairement son intention de ne plus venir. Visiblement elle m'en laissait la décision. Que je ne prenais pas. Nous avons ainsi tourné autour du pot, jusqu'à l'oublier, ne plus en parler, préférant nous entretenir des différents participants de la veille, ces deux étudiantes et cet homme d'affaires qu'elle disait avoir beaucoup appréciés.

Puis, pour finir, et comme une évidence, nous nous sommes dit à la semaine prochaine.

Dans les jours suivants j'ai réussi quelques jolis points de billard. Comme me l'a fait remarquer Dumoulin ce n'étaient pas des points de première série mais, pour un joueur de ma catégorie, le progrès était incontestable. Je crois que j'étais assez heureux d'avoir fait face à tout ce que représentait Mégumi et c'est ainsi, beaucoup plus tranquille, que je l'ai accueillie pour les cours suivants.

Dès lors, il ne m'a pas fallu longtemps pour comprendre que la femme que je recevais était la vraie. L'autre, celle que j'avais toujours connue, la triomphante, j'irais jusqu'à dire l'orgueilleuse, n'était que le fruit des circonstances. À bien y regarder, je l'avais essentiellement fréquentée dans ces moments où le monde l'obligeait à un rôle, celui de l'écrivain entouré, célébré, voire, lors de son premier séjour parisien, adulé. On dira que j'aurais pu m'en apercevoir avant, notamment lors de cette première période où nous nous étions souvent vus en tête à tête. Mais à l'époque, tout au bonheur, pour ne pas dire à l'euphorie, de ma sortie de dépression, j'étais incapable de voir qu'il en subsistait assez de séquelles pour m'empêcher de comprendre clairement ce qui m'entourait.

Néanmoins Mégumi ne pouvait pas se limiter à cette agréable neutralité, à cette amabilité permanente. Très vite j'eus l'impression qu'elle jouait un nouveau rôle. Certes le contexte la poussait à un certain retrait. Même si son français progressait il restait insuffisant pour lui permettre de prendre pleinement part à la conversation. Pour lui faciliter les choses je plaçais souvent le débat sur le terrain culturel. J'ouvrais un livre d'art, tout le monde parlait peinture et, devant les toiles des grands maîtres, je lui retrouvais davantage d'intérêt, un peu plus de parti pris, mais qu'elle exprimait peu. Mais cela venait peut-être des gens qui l'entouraient. Je crois qu'ils l'ennuyaient. C'étaient pour la plupart des cadres de multinationales japonaises. Ils étaient là autant pour perfectionner leur français que pour nouer des relations, et, pendant le repas qui succédait au cours, leurs conversations tournaient souvent autour des affaires. Ma cuisine, par contre, l'amusait beaucoup. Le cours terminé et avant de passer à table, elle ne manquait jamais de venir m'assister. Elle y tenait, et l'attention qu'elle portait à mes moindre gestes, ses questions incessantes, les notes culinaires qu'elle prenait, m'ont beaucoup amusé avant de me faire regretter de voir notre rapport se limiter à ça. Dès que j'essayais de lui parler de son travail, de sa vie à Paris, ou de tout ce qui pouvait la concerner d'un peu plus près, elle éludait.

À la longue, cette science consommée de l'esquive a fini par m'inquiéter. Plus qu'une façon de se dissimuler, j'ai commencé à soupçonner un moyen de m'observer, chose qui, inévitablement, me ramenait à ma trahison passée. Me fréquentait-elle dans ce but ? Ce n'était pas certain dans la mesure où son comportement n'était pas très différent avec les autres. Face à eux, elle employait la même méthode pour, sous des dehors toujours charmants, noyer le poisson dès qu'il était un peu trop question d'elle. Ainsi, au moment quasi obligatoire où un nouveau participant la questionnait sur ce qu'elle écrivait à Paris, il lui suffisait de quelques secondes pour inverser la situation et se débarrasser du gêneur en l'interrogeant sur ses goûts littéraires, puis culturels et, de là, voir la conversation s'éparpiller autour d'elle.

En même temps je sentais que cela l'amusait. Au-delà de ce qui pouvait aussi être une authentique pudeur, j'apercevais un fond ludique, une petite jubilation à laisser son monde sur sa faim, à entretenir le mystère. Mais si je comprenais volontiers ce petit plaisir avec les autres, il m'était plus difficile d'accepter d'en être l'objet. J'aurais voulu Mégumi différente avec moi. Mais au nom de quoi ? Celui d'avoir participé à son succès ? Mais puisqu'elle l'ignorait, aucune raison ne la poussait à me distinguer du reste du monde.

C'est ici que mon attitude a commencé à m'apparaître moins claire. Une intuition impensable s'est lentement profilée. Et si, au fond, j'avais envie qu'elle sache ?

La chose m'a d'abord semblé aussi absurde qu'aberrante. Mais à observer mon comportement force me fut de constater que, par bien des côtés, j'agissais en ce sens. La fréquenter, l'accepter à mes cours, l'aider à progresser en français, c'était lui donner des cartes pour découvrir mon forfait. Il y avait de ça, oui. Mais, *a contrario*, il était indéniable que face à cette possibilité mon sang se glaçait. Je me rappelle ainsi le jour où, après un cours, j'exhibais ma collection de porte-plumes. C'est une collection peu commune. Je suis toujours ravi de l'effet qu'elle produit, et Mégumi n'y échappa pas. Je me souviens de sa curiosité, un peu enfantine, quand j'ouvrais les deux longs coffres d'ébène où s'alignaient une cinquantaine de plumiers. J'en possède de très rares, en ivoire, en argent, en faïence, en laque de chine, tous très joliment décorés. J'en ouvrais certains, dévoilant des porte-plumes dont, pour les plus originaux, je racontais l'histoire.

Comme les autres Mégumi m'écoutait attentivement. Mais il y eut cet instant où, saisissant un porte-plume, elle s'y attarda un long moment avant de me demander : « Qui peut bien avoir écrit avec cet objet ? » Question assez banale mais que, étrangement, elle posa d'une voix que je ne lui connaissais pas, une voix particulièrement douce, presque suave. J'expliquais que ce porte-plume en porcelaine était probablement d'origine russe. Mais je n'en étais pas sûr. Seuls quelques indices le laissaient croire. Indices aléatoires que j'énumérais en m'y embrouillant un peu, en les romançant sans doute trop, ce qui permit à Mégumi, à la fin de mes explications, de me demander, avec une candeur que je ne lui connaissais pas non plus, si j'étais certain de tout ce que j'avançais, ou si je n'avais pas tendance à « en rajouter un peu ».

En rajouter un peu. Ces mots m'ont glacé. Et ils allaient le refaire. La semaine suivante, et alors qu'après le cours nous étions tous à table, la conversation s'est portée sur les us et coutumes des Français, qui, pour beaucoup de Japonais, sont un peu trop exhibitionnistes. Pour ne pas me heurter, la chose était évoquée gentiment. Mais là encore Mégumi en profita pour me lancer, avec son plus exquis sourire, qu'en effet les Français aimaient toujours « en rajouter un peu ».

Était-ce encore une allusion ? Autant que les mots, leur tournure m'inquiétait. Mégumi les avait prononcés avec un regard trop innocent, et une intonation vocale qui, comme pour compenser la violence qu'elle me faisait, était trop gentille, trop précautionneuse, en tout cas totalement inhabituelle chez elle.

Guetter l'allusion présente des risques. Par définition ambiguë, insinuante, elle mène facilement à la paranoïa. À l'attendre, on la voit vite partout. Ce fut le cas pendant ces quelques semaines où d'entendre Mégumi prononcer des mots tels qu'excédent, supplément, surcroît, rallonge, ou tout autre terme pouvant rappeler un ajout, me faisait suspecter une dénonciation. Pire encore, des mots on passe vite aux expressions. La moindre ironie, le plus petit persiflage de sa part devenait un doigt accusateur. Rien que de très normal quand on est coupable. Je le savais très bien. On entend ce que l'on craint. Ainsi, imaginer avoir volé un vélo à Mégumi j'aurais pu trouver dans sa conversation autant de mots évoquant de près ou de loin cet objet.

De cette façon ces allusions m'inquiétèrent moins. Qu'elles soient imaginaires ou pas, leur violence s'estompait. Sans doute m'y habituai-je. Il faut dire aussi que je résume. Ces allusions n'étaient pas incessantes. Mais, malgré tout, il y en avait toujours une qui finissait par tomber. Jusqu'au moment où quelque chose d'assez surprenant s'est produit. Je n'en ai plus entendue. Plus une seule. Mégumi s'en abstenait totalement. Et, curieusement, cela m'a terriblement inquiété.

Étais-je en train de virer pervers ? Je ne parle pas de cette perversion qui consiste à se délecter du voisinage de sa victime quand on se sait indécelable. Non, il s'agirait plutôt de l'inverse. Je l'ai dit, une intuition impensable me venait : était-il possible de souhaiter que Mégumi sache ? Question inouïe, mais que cette affaire des allusions a définitivement ouverte.

Pourquoi, soudainement, l'absence de tout sous-entendu m'inquiétait-elle à ce point ? Ce n'était pourtant pas faute d'en chercher, d'en vouloir. Que ce soit pendant les cours, ou lors de nos rares sorties, je guettais désormais tout ce qui pouvait ressembler à une allusion. Je me souviens ainsi de deux dîners chez Solange, d'un autre en compagnie d'un éditeur japonais, et d'une soirée où elle m'avait invité à la rejoindre chez des amis. J'étais à ce point aux aguets que la plus infinitésimale insinuation aurait immanquablement résonné à mes oreilles. Mais rien, pas le moindre mot. Je n'avais de nouveau affaire qu'à la charmante Mégumi, toujours agréable, et comme elle le disait souvent « si contente d'écrire à Paris ».

Être débarrassé de la menace que ces allusions faisaient planer aurait dû me réjouir. Mais au contraire chacune de mes rencontres avec Mégumi me laissait maintenant sur un malaise. J'avais l'impression d'un vide, d'un manque.

Était-ce par contraste avec cette déferlante d'allusions qu'il m'avait semblé entendre ? On le sait, certains policiers savent déstabiliser le coupable en soufflant le chaud et le froid. Mégumi jouait-elle à ça ?

Mais pourquoi ? Quel intérêt ? J'étais certes coupable, mais coupable bienfaisant. Sa réussite venait en partie de moi. Plus encore, mise au courant de ma supercherie, ma présence lui serait probablement devenue insupportable. Elle lui aurait sans cesse rappelé ne pas être la seule responsable de son succès. Non, quel que soit le cas de figure, je ne voyais rien qui puisse pousser Mégumi à jouer au chat et à la souris. Elle ne savait rien, et ces allusions, ou leur absence, n'étaient que le fruit de mon imagination, de ma culpabilité. Une culpabilité qui virait au danger, à la paranoïa. D'où sans doute cette étonnante envie qu'elle sache, pour m'en débarrasser, me défaire de ce poids. Oui, c'était ça, si elle savait, je ne serais plus coupable. Nous le serions à deux. Mieux, nous serions complices. Moi, pour ce que j'avais commis, elle pour son silence.

Reste que ces belles explications ne me calmaient pas. Je me souviens m'être retrouvé au cercle sans pouvoir engager une partie de billard. Jouer exige une concentration qui m'était impossible. J'ai dit plus haut à quel point ce lieu à part, en sous-sol de l'agitation du monde, pouvait favoriser le recueillement, voire la méditation. Je n'y venais plus pour autre chose. En retrait sur une banquette, dans la pénombre, je me contentais de regarder la circulation des billes. Quand on en n'est pas le maître leur mouvement est très agréable. On parie sans enjeu sur leur arrivée. Je ne faisais plus que cela. Ce discret exil m'apaisait, jusqu'à m'emporter un jour vers une douce léthargie, une volupté bienfaisante, réparatrice. Je me laissais aller à cet abandon, à la destruction de mes pensées, de mes défenses. Et c'est là, au cœur de cette douce capitulation, que j'ai parfaitement senti le malin.

Il était là, tout au fond de moi. Minuscule. C'était une infime vibration. Un frisson très lointain, à peine perceptible. Je l'ai ensuite senti s'amplifier. Une exquise légèreté me parcourait. Une délicatesse. Un ravissement, oui, un ravissement s'emparait de moi.

Je crois avoir ensuite entendu rire. Un rire léger, aérien, diaphane. Un rire de pur bonheur.

Ce rire m'a sorti de ma léthargie. J'ai regardé autour de moi. Mais personne ne riait. Fabre jouait avec Dutilleul. Mercier avec Laroche. Et Dumoulin, comme Leblanc, suivaient leurs parties en silence.

Je ne me souviens plus très bien de ce qui a suivi. Je pense avoir oublié ce rire et cet enchantement, comme on oublie les rêves au réveil. J'ai dû revenir aux parties en cours puis, parce que je n'avais pas travaillé de la journée, je suis rentré chez moi. J'ai traduit une dizaine de pages de mon colporteur japonais. Pour un roman aussi sophistiqué c'était beaucoup et cela m'a mené assez tard dans la nuit. C'est sans doute pour cela que je me suis réveillé le lendemain devant mon bureau. Je m'y étais affalé, endormi, sous le coup de la fatigue.

Je n'en ai pas fait une montagne. Ce sont des choses qui arrivent, et je suis allé directement à la cuisine me faire un café. Je l'accompagne toujours d'un jus de fruit et de quelques toasts. Je les ai préparés comme d'habitude, en écoutant les informations à la radio. Jusque-là rien d'anormal, sauf qu'après avoir bu mon café je me suis aperçu qu'il y en avait un autre. J'en avais préparé deux. Le deuxième était là, devant moi, dans une tasse.

J'étais fatigué, c'est vrai. Mais je ne me souvenais pas, de ma vie, m'être préparé deux cafés au réveil. Même du temps de Marie. Elle ne buvait que du thé. Que faisait devant moi cette deuxième tasse de café ?

On parle peu des prémisses de l'amour. Qu'ils soient écrivains, dramaturges, philosophes ou psychologues, les spécialistes de l'amour s'attachent davantage aux brasiers qu'il déclenche qu'aux signes qui l'annoncent. Même les scientifiques à la recherche du neurone amoureux délaissent ses prémisses. À leur décharge, il faut dire que la faculté ne leur allouerait aucun budget. Le prémisse n'intéresse pas, tout le monde s'en fiche, même l'État. Grave erreur. Cette inattention pour l'avant est la cause de bien des après. Mais l'humanité est ainsi faite que l'augure importe moins que sa suite. Le prémisse n'est considéré que rétrospectivement. Quand il est trop tard.

En étais-je là ? Dans le trop tard ? Je l'ai craint. Je ne devais pas nier la réalité. Ce ravissement si soudain, subi au billard, ressemblait bien à de l'amour. Tout y était, cette subtile harmonie, cette délectation éthérée, vaporeuse, ce charme délicieux, c'était bien lui, le malin, l'amour. Et si besoin était, mon lapsus, cette deuxième tasse de café, en était encore l'aveu.

Amoureux ? La chose m'a fait sourire. Ce sentiment m'était étranger depuis si longtemps que son passage, loin de m'inquiéter, m'a fait plaisir. Car, bien entendu ce n'était qu'un passage, un de ces instants où les inclinations naturelles s'expriment, où la nature réclame son dû. Quel homme peut se vanter, au hasard d'une soirée, ou même au carrefour d'une rue, de ne jamais avoir ressenti cette petite fulgurance amoureuse à la vue d'une femme ? Oui, j'avais vécu un joli moment qui, en y repensant, me ramenait agréablement à mes premiers émois d'adolescent, d'étudiant, charmante nostalgie sur laquelle je ne m'attardais pas, l'expérience m'ayant rendu définitivement hostile à son objet, l'amour.

Et donc, rien de grave. Je n'étais pas dans le trop tard. Ce passage amoureux et sa figuration, cette deuxième tasse de café, n'avaient rien d'inquiétant. Tout juste une petite alerte, un prémisse si parfaitement identifié qu'un homme averti en valant deux, je n'avais rien à craindre. L'amour ne me jouerait pas une deuxième fois. Bien sûr, et comme pour n'importe quel homme, sa vieille alliée, la libido, m'encombrait parfois. Mais je m'en débarrassais assez facilement grâce aux expertes caresses d'une péripatéticienne des boulevards qui, contre quelques euros, me vidait les polichinelles pour un long moment. Ma liberté avant tout.

Malgré tout il m'arrivait de m'interroger sur ce petit éclair amoureux. La vigilance l'exigeait. Peut-être décrétais-je un peu trop vite son passage comme étant une chose en soi, sans objet, une pulsion intrinsèque. J'ai alors pensé aux femmes qui m'entouraient. Mais je n'en vis aucune à même de susciter le moindre sentiment. Pas même Mégumi. Plus que d'autres, elle occupait bien sûr mes pensées, mais c'était pour les raisons qu'on a vues, cette maudite trahison, sa culpabilité, cette envie de m'en défaire, jusqu'à souhaiter qu'elle sache.

En même temps je notais chez elle une évolution. Elle se montrait moins distante. Après les cours, à table, je la vis plusieurs fois se laisser aller à mener la conversation. Était-ce pour contrer l'ennui de celles de ses compatriotes ? En tout cas un de ses plaisirs était de faire sortir ces rigides financiers de leurs gonds. Provocatrice en diable, elle y parvenait souvent, et avec un tel humour que, par moments, j'eus l'impression que ces hommes en redemandaient, ravis de trouver enfin l'occasion d'exprimer autre chose que leur conformisme prescrit. Même physiquement je lui trouvais une légèreté inhabituelle. En à peine trois mois je lui découvris quelque chose d'heureux, non seulement dans le regard, mais dans l'allure. C'était une façon de bouger plus déliée, plus libérée, à l'image de ses vêtements, toujours aussi élégants mais faits de tissus plus souples, épousant ses mouvements, peut-être une nouvelle vie, sur laquelle je m'interrogeais parfois.

Mais, de ce côté, question sans réponse. Je sentais un seuil à ne pas franchir, une limite qui venait surtout d'elle. Elle s'arrangeait toujours pour éviter d'être seule avec moi. Quand nous sortions il y avait toujours un prétexte, quelqu'un à voir en dernière minute, pour être accompagnée. Dans le même registre je me souviens du jour où elle se mit à m'envoyer des mails avant chaque cours pour savoir quel vin apporter en fonction du dîner qui suivrait. J'ai tenté de lui répondre par téléphone mais elle était toujours sur répondeur. Le lui faisant remarquer elle me répondit qu'elle travaillait trop, toute la journée, pour se permettre de longues conversations. À ce propos je notais un blocage de ma part. Il m'était très difficile d'insister pour savoir ce qu'elle écrivait. Était-ce la peur de placer notre rapport autour de l'écrit, par peur d'en revenir à *Journées d'automne* ? C'est là que j'ai vu la marge qui existait entre souhaiter une chose et la concrétiser. J'aurais peut-être aimé qu'elle sache, mais je restais incapable d'agir dans ce sens. De la même façon, un soir où en raison d'une pluie battante je la raccompagnai en voiture, j'eus envie d'en savoir davantage sur l'homme qui lui prêtait l'appartement qu'elle occupait. Elle m'en avait une fois parlé, se contentant de dire qu'il s'agissait d'un industriel japonais. Mais arrivé en bas de chez elle je n'osais pas en demander plus.

J'aurais dû comprendre ce que signifiait cette retenue, cet empêchement. Quand elle est inhabituelle l'impossibilité est une prémisse. Comme la gaucherie. Et je n'allais pas en manquer. Comme je l'ai dit, depuis son retour en France je n'avais vu Mégumi qu'entourée de monde. Avais-je envie de plus d'intimité ? Sans doute puisque, sans aucune préméditation, je l'invitai à dîner. Cela me prit sur un coup de tête. Je consultai ma boite mail quand, machinalement, je suis passé à son adresse pour lui écrire tout de go : « Un dîner tous les deux un de ces jours ? » Toujours par mail, elle a immédiatement accepté.

J'aurais dû m'attarder sur le sens de cette invitation surprise. Mais non, seul le choix du restaurant m'a occupé. J'en passai bien une vingtaine en revue pour finalement en choisir un très calme, aux tables espacées, et si feutré qu'on n'osait pas y élever la voix. Mais rien d'intime ne s'y est dit. Au contraire, en y repensant le lendemain, la banalité de ma conversation m'a fait honte. J'avais entretenu Mégumi de cuisine, déclinant si précisément des recettes qu'à un moment, et sans doute pour me faire plaisir, elle en a noté une. Dans le genre platitude absolue, la situation internationale, la crise économique, la responsabilité des banquiers, le rôle du Japon et de l'Europe, ont été aussi au menu. Puis j'enchaînai sur quelques commentaires à propos de choses vues à la télévision, bref, j'avais bassiné Mégumi d'une immense litanie de lieux communs.

Ici, j'aurais dû voir, comprendre. Moi l'amateur de mots, d'anecdotes insolites, moi qui m'efforce toujours au pétillant, je m'étais comporté comme ces raseurs dont la seule inspiration est de parler du journal télévisé de la veille ou de la pensée officielle. Mais c'est une des forces de l'amour de rendre ses prémisses invisibles. Le malin s'installe caché. Il aveugle et trompe sa victime en l'illusionnant sur les raisons d'un comportement inhabituel. Ici, il me persuada que ma méforme de la veille venait d'un trop-plein de travail. Oui, j'aurais dû voir ce qui fait changer un homme. Mais il a fallu encore un peu de temps. Le temps d'une absence. C'est un autre tour de l'amour, une de ses acrobaties préférées, celle de transformer l'absence en présence.

Banalité direz-vous. « Un seul être vous manque et tout est dépeuplé. » Loin de moi l'idée de contrarier le grand Lamartine. Sauf qu'ici, une variante, ou plus exactement un autre prémisse, qui aurait encore dû m'alerter, s'est manifestée. En trouvant sur mon répondeur un message de Mégumi m'annonçant qu'elle ne viendrait pas au cours suivant je me suis senti apaisé.

En trois mois, c'était la première fois qu'elle se décommandait. Et cela m'a rendu heureux. L'idée de son absence m'allégeait, et les jours suivants furent étrangement calmes, détendus. On pensera bien sûr que son absence me libérait de la menace que *Journées d'automne* faisait peser. Mais *Journées d'automne* n'avait rien à voir avec ce bien-être inattendu. Je le répète, non seulement Mégumi ne savait rien, mais le contraire ne m'aurait pas dérangé. D'où venait alors la légèreté de ces jours ? Aujourd'hui je le sais. De l'absence d'un autre poids. Celui de Mégumi. C'était de Mégumi dont j'étais délesté. Je ne le savais pas, mais ma liberté, elle, le savait. Elle fêtait ses derniers jours. Elle m'offrait mes derniers moments d'autonomie, d'indépendance, ces jours où l'on ne dépend de personne, jours ultimes avant le triomphe du malin.

Triomphe qu'il annonça à sa façon. En se moquant de moi. Sans doute fatigué, ou peut-être vexé, de me voir ignorer si obstinément ses multiples prémisses, il en réitéra un. Dans ces jours heureux j'avais invité deux bons amis à déjeuner. Quand nous sommes passés à table, l'un d'eux s'est étonné. Pourquoi, alors que nous étions trois, avais-je dressé quatre couverts ? Attendais-je quelqu'un ?

Cette fois j'ai compris. Autant d'ailleurs pour ce couvert supplémentaire que pour ce qui allait suivre. Le soir même je trouvais un mail de Mégumi. Elle m'annonçait son départ pour Rome. Elle y resterait deux mois. Sans plus de précisions. Et, immédiatement, cela m'a rendu très triste. Tristesse que j'essayais de dominer. En vain. En même temps autre chose arrivait, submergeait cette tristesse, c'était une discrète effervescence, une intime exaltation, merveilleuse allégresse à laquelle je souriais soudainement, lui souhaitant la bienvenue, ravi de la rencontrer, de la laisser m'emporter, jusqu'à son terme que, comblé, je reconnaissais avant de m'y fondre. Oui, c'était bien lui. L'amour. C'était bien moi aussi. Surtout, c'était bien elle.

Un des pièges de l'amour est de se présenter comme inédit. Le malin s'annonce neuf alors qu'il est vieux comme le monde. Pour beaucoup cela vient de son imprévu, aussi de son exception. On ne tombe pas amoureux tous les jours. Au passage, je note la justesse de ce mot, tomber. On pourrait y réfléchir à deux fois. Mais le malin l'empêche, il se montre aérien, tout rose dans l'azur, ravissant Cupidon joufflu décochant ses flèches fleuries. Oui, tout cela vous a un petit côté printanier, primesautier, qui pousse à l'oubli, supprime l'expérience, amnésie dont on revient quand le joufflu, n'échappant pas au cycle des saisons, perd ses rondeurs pour afficher une mine nettement plus sombre et émaciée en survolant ce qui reste de ses cibles sur le champ des amours, morne plaine, côté français.

Oui, tomber amoureux. Quelle chute. En est-il de plus ambivalente, tour à tour merveilleuse et douloureuse ?

C'est que l'amour n'est pas un bonheur en soi. Tant qu'il n'est pas conclu il n'est qu'espérance, attente. Attente qu'en présence de l'élue on comble par l'action, la séduction, ce qui, ici, m'était impossible. J'ai bien envoyé un mail à Mégumi mais ce fut pour trouver sur ma boite une réponse automatique indiquant qu'absente pour un mois, elle ferait signe à son retour. Cela démontrait une volonté de s'isoler. J'ai malgré tout failli lui téléphoner avant de réaliser, au dernier moment, que j'étais en train de me précipiter. Elle était partie depuis à peine une semaine.

Se calmer. Attendre. Seulement, en amour, on n'attend pas. On gamberge. La gamberge est une des plus belles armes du malin. Je n'y échappai pas. Derrière leurs barreaux tous les incarcérés s'interrogent ainsi sur les murs qui les entourent. Que s'est-il passé ? Quelle erreur m'a conduit à cette captivité ? Quelle faiblesse m'a fait craquer ? Qui m'a trahi ? Beaucoup trouvent une réponse. Heureux hommes que la réponse soulage.

Je n'avais pas ce bonheur. L'amour est le seul sentiment injustifié. Il échappe au droit, à toute logique. Sa seule loi est la sienne. Et bientôt le seul point commun avec ces détenus fut de compter les jours.

Devant ma traduction, au cinéma, dans la rue, le soir ou au réveil, le décompte pesait, calcul pénible, patience impossible et, par moments, attente révoltante. Quelque chose d'humiliant sourdait dans ces instants où Mégumi m'envahissait totalement. L'amour est un viol. On me trouvera bien sombre, incapable de me réjouir d'un bonheur possible. J'aurais pu, un mot de Mégumi aurait suffi, un coup de fil, le moindre signe, même par personne interposée, Solange par exemple, mais rien, silence absolu. Pourquoi ? Au minimum, Mégumi pouvait me considérer comme un ami. Oui, amis, j'avais oublié que nous pouvions l'être. Et au nom de quoi un ami se priverait-il de téléphoner ? Je l'ai fait, mais ce fut pour tomber sur un message indiquant que l'abonnée était hors réseau.

Que faisait-elle à Rome ? Pourquoi ce silence ? Et puis, soudainement, cette question : à Rome avec quelqu'un ? Ah, le quelqu'un, le possible autre, voilà encore une flèche dont l'amour ne se prive pas. Là, j'ai craqué. J'ai téléphoné à Solange pour, l'air de rien, la questionner. Mais Solange ne savait rien. Mégumi était à Rome, pour écrire, point final.

Il restait une vingtaine de jours. J'ai tenté d'en tuer quelques-uns au billard. Mais c'était faire insulte à mes partenaires que de jouer aussi mal même si, parmi eux, les grands connaisseurs me pardonnaient en décryptant dans mon jeu la présence du malin.

Se reprendre, se contrôler. L'amour, oui, mais pas cette obsession qui, si je m'y laissais aller, risquait de tourner à l'aliénation. J'admettais tout ce que l'avènement de l'amour, cette inimaginable intrusion, pouvait avoir de déconcertant. Mais le choc passé, il importait de se regarder lucidement, de voir en soi ce bouleversement, cette révolution. Chercher par exemple à en comprendre la naissance. En existe-t-il un instant précis ? Le fameux coup de foudre ? Je n'en voyais pas. Sauf à constater que l'hostilité injustifiée dont j'avais fait preuve envers Mégumi pouvait bien en être un. L'amour s'exprime souvent *a contrario*. On sait qu'il dérange, qu'il va tuer l'habituel. La raison s'en défend, mais l'amour ne désarme pas. Il travaille autrement, parfois violemment, et le rejet de la montre de Mégumi, comme ma fuite de Deauville, ou le refus obstiné de traduire son nouveau roman, pouvaient en effet s'apparenter à une succession de coups de foudre.

À quoi m'avançait de le savoir ? Peut-être à me sentir mieux. Entrevu, le jeu du Cupidon m'apparaissait moins dominant. C'était une première étape, une de ces petites reconquêtes de soi qui ramènent la confiance. De là, l'observation de cet amour m'intéressa de plus en plus. Il s'agissait d'en finir avec l'osmose. Ce serait désormais lui d'un côté, moi de l'autre. Partage subtil tant ce prince du fusionnel savait s'y prendre, se confondre, m'emporter sans cesse vers Mégumi, alliance de rêve, si douce, si belle que je ne demandais qu'à m'y perdre. Il ne le fallait plus. Je voulais voir l'autre en face, le considérer pour ce qu'il était, un corps étranger, un intrus, simple visiteur d'une période de ma vie.

Je m'y essayais. Exercice difficile. Qu'est-ce que l'amour ? Quel est son lieu ou, ce qui n'est pas loin d'être la même chose, sa cause première ? J'avais peut-être un peu vite décrété qu'il n'en avait pas. L'amour est une fusion, sans doute la plus belle, destinée à combler le sentiment le plus inacceptable qui soit, la solitude. En étais-je là, homme seul qui, en dehors de son travail, ne s'adonnait qu'à des valeurs faciles, sorties, cuisine, plaisirs de la culture, bref, hédonisme aussi agréable qu'insuffisant à la Nature ?

C'était possible. S'il fallait un terrain favorable à l'amour je pouvais l'être. On dira que j'aurais pu m'y attendre. Mais ma séparation d'avec Marie m'avait fait croire immunisé. D'admettre le contraire rendit ce qui m'arrivait plus acceptable. Le choc s'estompait, la reconquête se poursuivait, et chaque jour me vit considérer cet amour plus tranquillement. Loin de toute passion j'apprenais à connaître les nuances de son jeu, cette alternance d'enivrements, d'inquiétude, d'espoir, de renoncement. Je lui découvrais ses heures les plus propices, par exemple le matin quand, encore mal réveillé, je ne faisais qu'un avec Mégumi. Je laissais faire ; y résister, chercher d'une pensée à m'en débarrasser eût été faiblir, offrir une prise à un combat perdu d'avance.

On me trouvera bien cérébral, bien spectateur d'un sentiment exigeant un peu plus d'abandon. Mais quelle autre attitude adopter en l'absence de l'élue ? Ce sang-froid me servait à l'attendre. Il empêchait ce que le Cupidon, devant cette résistance passive, tentait régulièrement, des attaques surprises, foudroyantes de pessimisme, pour me dire que si Mégumi avait éprouvé ne serait-ce que la possibilité d'un sentiment pour moi, elle m'aurait fait signe de Rome. Je ne cédais pas à ces attaques. Bien au contraire, à force de constater tous ces tours et détours de l'amour, ses hauts et ses bas destinés à l'épuisement, je m'en amusais pour en arriver à la phrase de Montesquieu affirmant qu'il ne faut se donner qu'à soi et ne se prêter qu'aux autres.

J'y parvenais. Je me prêtais de plus en plus à cet amour sans craindre Mégumi. Quelle que soit l'issue de son retour il ne tournerait pas au tragique. Il m'arriva même plusieurs fois d'envisager Mégumi comme une simple conquête à faire, une maîtresse potentielle, un plaisir à venir. Mais c'était peut-être se rassurer à bon compte, se vanter, autre tour de l'amour. Pour l'instant Mégumi n'était pas là. Comment réagirais-je en sa présence ? J'allais le savoir, sans me rendre compte que, là encore, le malin me réservait une des surprises dont il a le secret.

Comment n'ai-je pas vu venir ce guet-apens, cette embuscade du destin ? Le traquenard était pourtant prévisible. Un enfant l'aurait prévu. Mégumi était écrivain, j'étais traducteur et, forcément, un jour ou l'autre la question de traduire son nouveau roman devait se poser. L'inouï était de ne pas avoir envisagé une seule fois ce piège. L'amour l'avait totalement occulté. Mégumi était devenue une entité amoureuse. Je l'avais dénuée de tout contexte. Elle était hors situation, hors la vie, devenue d'autant plus abstraite qu'absente depuis deux mois.

Son retour allait me ramener à la réalité. Une réalité qui dépassa d'abord toute mes espérances. J'aurais été incapable d'en imaginer une plus belle. La surprise que me fit Mégumi joua évidemment pour beaucoup dans ce premier bonheur. Elle arriva sans prévenir. C'était un soir où je donnais un cours. On sonna à la porte, j'ouvris, et elle était là, les bras chargés de cadeaux. Devant cette surprise que pouvions-nous faire sinon rire ensemble ? Rétrospectivement j'ai l'impression que ce rire fut une mise à feu, la rampe de lancement d'un aveuglement qui, mis en orbite, engendra une des plus belles périodes de ma vie. Encore un joli piège de l'amour que d'inverser Montesquieu d'un simple rire. Nous nous sommes embrassés et le simple contact de ses lèvres sur ma joue, comme le frôlement de son corps, achevèrent le philosophe.

Je lui disais tout mon bonheur de la revoir et elle me répondit la même chose en posant sa main sur la mienne. Ce qu'un simple toucher peut créer de légèreté n'appartient qu'à ces débuts. Je la trouvais embellie, appréciation qui ne m'était pas personnelle puisque dès son entrée dans le salon plusieurs personnes relevèrent aussi que Rome lui avait réussi. Il y avait de ça. En la regardant distribuer les petits cadeaux qu'elle avait ramenés à chacun, des paquets de pâtes qu'on ne trouvait pas en France, des vins également introuvables ici, et d'autres babioles amusantes, je lui trouvai quelque chose d'italien, de plus chaleureux, de plus sympathique et même, par moments, d'un peu espiègle. Était-ce de surprendre son monde par cette arrivée inattendue, ou s'amusait-elle déjà de ce qui me parcourait ?

Je n'eus pas le temps d'y penser davantage. Ses cadeaux distribués elle marqua volontairement une pause. Soudainement moins rieuse, tout juste souriante, elle sortit de son sac un petit paquet enrubanné qu'elle me tendit sans un mot. Curieusement, comme si chacun comprenait qu'il s'agissait davantage qu'un cadeau, l'ambiance baissa d'un cran. Un peu emprunté, pressentant quelque chose de particulier, j'ouvris le paquet. J'y découvris un ravissant plumier, une petite merveille datant du début du vingtième siècle, décorée de guirlandes fleuries et de petits angelots.

Chaque nouvelle pièce est un plaisir pour un collectionneur, mais là, en disant à Mégumi qu'elle avait tapé dans le mille, que rien ne pouvait me faire plus plaisir, j'eus l'impression d'exprimer autre chose. L'amour se voit-il comme le nez au milieu de la figure ? Comprenait-elle déjà ? C'est une question que j'allais beaucoup me poser. Une femme devine-t-elle tout de suite l'homme amoureux ? J'ouvris ensuite le plumier pour y trouver un porte-plume en faïence bleue, accompagné d'un minuscule encrier de porcelaine et de plusieurs plumes de cuivre très finement ouvragées. C'était un vrai bijou, je le répétai, puis lui demandai où elle l'avait trouvé. Elle parla du hasard d'un petit antiquaire, d'une de ces découvertes inopinées que les ruelles des villes italiennes offrent sans cesse. J'y croyais peu, l'expérience m'ayant montré que ce genre d'objet exige plus de recherche, en tout cas je voulais le croire, préférant l'imaginer délibérément en quête de ce plaisir à me faire.

Face au fantasme on dit la réalité décevante. Ce fut tout le contraire. J'avais fantasmé Mégumi pendant deux mois et jamais elle ne m'apparut aussi séduisante. Sa présence ne décupla pas mon amour, il ne pouvait pas être plus fort, mais elle l'installa au centre de tout. Le monde s'en est-il rendu compte ? C'est une question que je me suis posée. Pour être plus précis, je me suis demandé si l'amour était contagieux. Je ne parle pas d'une contagion vers son objet, la personne aimée, ici Mégumi. Je parle d'une contagion vers le monde en général. L'amour est-il puissant au point de l'imprégner, de le transformer ? Aujourd'hui je crois cette alchimie possible. En effet, dès le retour de Mégumi tout m'est devenu favorable. À croire que Cupidon me précédait, balayant devant mes pas tout ce qui m'était jusque-là hostile. Les sceptiques crieront à l'illusion, à la transposition de mon sentiment sur l'extérieur. Erreur. Les faits les plus matériels, les plus prosaïques, me sont, comme par enchantement, devenus heureux. Mon voisin, par exemple, mourut subitement. Son décès me débarrassait d'un piano qui m'insupportait depuis toujours. Mais je parlerai plus tard de toutes ces petites satisfactions de l'existence qui, comme par magie, se sont succédé. Pour l'instant, je me cantonnerai à l'essentiel, Mégumi.

Le premier vrai miracle eut lieu très rapidement. Elle s'était de nouveau inscrite à mes cours, mais ne la voir qu'une fois par semaine équivalait encore à une attente que l'amoureux que j'étais ne supportait pas. Pendant son séjour à Rome j'avais meublé son absence de constructions mentales qui, maintenant qu'elle était à Paris, ne se justifiaient plus. Il fallait agir. Mais au nom de quoi l'appeler plus souvent ? Sous quel prétexte lui proposer des rendez-vous sans risquer d'afficher un forcing qui, en amour, n'est sûrement pas la meilleure façon d'agir.

J'hésitais entre plusieurs stratégies. L'une d'entre elle consistait à prétexter des difficultés d'interprétation face au roman que je traduisais. Il se passait au douzième siècle et les particularités de cette époque m'autorisaient des questions qu'en tant que japonaise elle pouvait m'aider à résoudre. Le tout était d'inventer ces questions sans qu'elles aient l'air idiotes. J'y réfléchissais avant de réaliser que Mégumi pouvait se contenter de me répondre par téléphone ou, au mieux, de m'accorder un simple rendez-vous au terme duquel, ayant répondu à mes questions, tout aurait été à refaire. Heureusement l'amour est intelligent, et il ne mit pas longtemps à m'inspirer un stratagème nettement plus brillant. Il s'agissait de rencontrer Mégumi « par hasard ».

Ces guillemets n'étaient pas si difficiles à mettre en place et, en m'y prenant bien, ils m'autoriseraient une fréquentation franchement plus assidue. J'avais en effet appris par Yoko, une de mes élèves avec laquelle Mégumi s'était liée, qu'il lui arrivait de fréquenter la bibliothèque de la Maison de la culture du Japon. Comme beaucoup d'écrivains elle se lassait parfois d'écrire chez elle, et si certains vont le faire dans les cafés Mégumi avait choisi le calme de cette bibliothèque. Le problème était que j'ignorais ses horaires et, pour me donner toutes les chances de la rencontrer, j'y arrivais chaque matin dès l'ouverture.

Aujourd'hui, si j'étais romancier, je pourrais écrire de belles pages sur la patience du chasseur à l'affût. Sur son ridicule aussi. Ce ne fut pas tant de rentrer bredouille chaque soir, mais après deux jours dans cette bibliothèque, les yeux soi-disant rivés sur ma traduction, je me vis comme un écolier de quinze ans en train de guetter l'élue de son cœur à la sortie d'un collège. J'avoue m'être senti risible. Je m'en défendis d'un coup de colère, en prenant la ferme décision de ne plus bouger pour Mégumi. Il est évident que j'en aurais été bien incapable. Mais, par bonheur, un de ces miracles dont j'ai parlé plus haut se produisit juste à temps pour m'éviter d'avoir à renier cette résolution.

Mégumi m'a téléphoné. Sur le coup, et au fur et à mesure qu'elle me parlait, je n'ai pas saisi tous les détails de sa proposition. C'était trop beau. Cela dépassait toutes mes espérances. Elle me proposait de travailler avec elle. Je le répète, les modalités de ce que nous allions faire ensemble ne me parvenaient pas, elles m'échappaient, m'indifféraient, recouvertes par cette montée de félicité ; nous allions nous voir quasiment tous les jours. Oui, ces minutes furent un cadeau de la vie, de purs instants de grâce puisque offerts soudainement, sans raison, sans avoir été cherchés, ce qui les rendait encore plus beaux. Mais en fait non, le plus beau fut que tout cela venait d'elle.

Pratiquement, il s'agissait de collaborer à la création d'un journal bimensuel destiné à la communauté japonaise de Paris. Ce n'était qu'un projet mais, à entendre Mégumi, beaucoup d'atouts penchaient en sa faveur. Il était possible grâce à un lectorat aisé de voir des marques de luxe, des hôtels, des banques, s'engager publicitairement. Naturellement cette partie commerciale ne serait pas de son ressort. Elle la laissait aux deux Japonais qui étaient à l'origine de l'idée. Pour eux, la célébrité de Mégumi était à la fois un parrainage prestigieux et une caution intellectuelle. Quant à elle, s'occuper de la rubrique culturelle de ce magazine lui offrait l'occasion d'échapper un peu à la pression que l'écriture de son roman lui faisait subir. J'aurais pu m'attarder sur ce dernier point, en comprendre l'importance à venir, mais j'étais trop abîmé dans le bonheur pour le faire.

Qu'on me comprenne ; en me demandant de travailler avec elle Mégumi m'évitait un des jeux les plus ardus, et les plus dangereux aussi, du prétendant amoureux. Adieu les manœuvres d'approche et autres finasseries indispensables à l'obtention d'une rencontre. Au loin la douloureuse attente d'une réponse, le déplaisir de tomber sur un répondeur ou l'annulation d'un rendez-vous. Toutes ces pérégrinations habituelles à l'abordage sentimental m'étaient évitées.

Faut-il parler d'une sorte de Jérusalem céleste ? Je le crois pour m'être trouvé pendant trois ou quatre semaines sur ce tapis volant. Ce que Mégumi appelait mon travail n'en était même pas un. Il consistait, en vue de la première maquette de ce journal, à lui faire découvrir tout ce qui était peu connu des japonais à Paris. C'étaient les petits musées, les galeries originales, les restaurants inattendus ou les lieux qui, sans être à proprement parler culturels, s'apparentaient à des spécificités bien de chez nous.

Le plus étonnant fut de ne pas avoir profité de cette fréquentation pour lui faire la cour. L'idée d'un rapport amoureux, d'un baiser, d'une nuit, ne me venait pas. Sa présence me suffisait. Curieuse attitude que de se contenter ainsi de l'existence de l'être aimé, mais cette sagesse platonique m'allait très bien. C'était sans doute fuir le danger de se déclarer. Mais pourquoi en prendre le risque quand tout, autour de moi, sous le coup de la contagion amoureuse, continuait à s'enchanter ? À commencer par Mégumi. Était-ce le bonheur de découvrir un Paris inhabituel ? Toujours est-il que je lui découvrais une disponibilité et une fraîcheur toutes nouvelle. Les Français, mais peut-être moi aussi, l'amusaient comme jamais. En bonne Japonaise elle prenait régulièrement des photos sans cesser aussi de noter beaucoup de choses sur un petit carnet. Il ne s'est ainsi pas passé deux jours sans que l'on se soit vus ou appelés dans une humeur qui, par instants, n'était pas loin de s'apparenter à un rapport de jeunes gens.

Heureux moments où on ne sollicite rien de plus de l'amour. Peut-être faut-il cela, ne rien exiger de lui, ne connaître que sa grâce, pour le voir vous offrir davantage. C'est bien ce qui s'est passé quand, sans que je lui aie rien demandé, Mégumi a effacé ce qui pouvait encore m'inquiéter. J'ai dit plus haut m'être interrogé sur son voyage en Italie. L'avait-elle fait seule ? D'elle-même, comme pressentant cette question, elle m'a rassuré. En fait, elle n'était pas restée à Rome longtemps. Elle avait beaucoup circulé, sans s'attarder dans les villes mythiques, Florence et autres Venise, pour préférer des endroits inconnus des circuits obligés, allant jusqu'à séjourner dans de simples villages, toujours pour écrire, et toujours seule. Elle aurait pu ne rien me dire, laisser planer une ambiguïté destinée à me rendre jaloux. Plus tard, beaucoup plus tard, je me suis dit qu'une femme amoureuse l'aurait fait.

Mais ce n'était pas son jeu, en tout cas pas celui de ce moment de l'amour. Je crois d'ailleurs qu'à cette époque elle vivait la même innocence que la mienne. Pour preuve, sans aucune demande de ma part, elle m'apprit un jour que l'industriel japonais qui lui prêtait son appartement n'y venait jamais. C'était un très vieux monsieur qui ne quittait plus Tokyo. Cet inconnu m'avait inquiété. Il ne le faisait plus, rien ne le faisait, l'amour y veillait jusqu'à me faire oublier les rares moments où Mégumi aurait dû m'apparaître autrement que comme un enchantement.

Je veux parler de ces instants où elle s'abstrayait subitement de la réalité. Quelque chose surgissait, la happait, lui faisait quitter le monde. Cela pouvait arriver aussi bien pendant les réunions où, avec ses compatriotes, nous discutions de la forme que pouvait prendre leur journal qu'avec moi, en tête à tête dans un restaurant. Subitement, elle n'était plus là, le regard baissé, ou au contraire assez lointain. Où partait-elle ? Dans quel souvenir, vers quelle autre présence ? Je sais aujourd'hui que c'était vers son roman. Mais à l'époque, toujours par crainte d'en revenir à *Journées d'automne*, j'évitais de lui demander des nouvelles de son travail. Bien sûr, par convenance, je m'étais senti parfois obligé de le faire. Mais c'était alors très rapidement, la plupart du temps en public, ou au moment de nous séparer, ce qui ne lui laissait pas d'autre choix que de me répondre très brièvement. Mais arriva ce jour où je ne pus échapper à son désir d'en parler plus longtemps.

J'aurais dû alors l'écouter davantage, mieux comprendre l'importance de ce moment. Mais tout s'y opposait. Tout me portait encore au plaisir, à la légèreté, au désir de ne lui offrir que de beaux moments. Nous étions à Chantilly où, après avoir visité le château, je l'avais emmenée déjeuner à l'hippodrome. Un prix important s'y déroulait et je tenais à lui faire découvrir l'amusante élégance des grands jours de courses. Elle n'y fut pas très sensible et très vite, à table, elle se mit à décerner des notes aux différentes tenues des gens qui nous entouraient. Pour ne pas être entendus nous parlions doucement, prenant essentiellement pour cible les chapeaux des femmes. Volontairement mauvaises langues, c'était à qui de nous deux en ferait la plus ironique description. C'était encore jouer, partager une complicité que nous voulions juvénile, sans doute pour cacher quelque chose de plus grave. Reste que cette attitude m'a empêché de prendre Mégumi suffisamment au sérieux quand l'étrange dédoublement dont j'ai parlé plus haut s'est emparé d'elle.

Sans raison apparente, elle se désintéressa de notre entourage pour, au terme d'un véritable retournement de personnalité, s'abstraire, s'isoler, le regard perdu, fixé vers la nappe. Ce fut ensuite le visage d'une femme désolée qui me fit face. Mais je n'ai pas voulu le voir, pas voulu l'entendre. Cela ne correspondait pas à mon nuage, pas à l'amour. J'avais peut-être peur que cela commence à l'abîmer. Rien ne devait le faire, et surtout pas cette inquiétude, cette angoisse qui m'est parvenue quand elle s'est mise à douter à voix haute de ses écrits.

Je ne lui avais jamais entendu ce ton, cette précipitation pour énumérer ce qu'elle reprochait à ses livres. Elle les trouvait nombrilistes, minimalistes, sans envergure. Tout y passa, son style glacé, trop continu, frisant la monotonie, puis son envie d'en finir avec son obsession du détail pour passer à quelque chose de plus universel, plus mouvementé, plus enivrant. Par moments elle interrompait sa logorrhée, cette autocritique sans nuance, je dirais cette panique, pour marquer un silence qui était d'évidence un appel à l'aide. Mais je suis resté incapable d'y répondre, me contentant de lui assurer que, au contraire, la qualité de ses romans résidait dans ce qu'elle leur reprochait. En trois mots je louai l'originalité de ses sujets, le raffinement de leur expression, cette intime orfèvrerie qui en faisait le charme, gage d'une personnalité unique, puis, pour achever de me défiler, j'insistai longuement sur le fait qu'elle traversait la crise inhérente à chaque auteur.

Est-ce alors ma bêtise ou ma lâcheté qui la fit rire ? je n'eus pas le temps d'y réfléchir, ni de me sentir honteux. Par bonheur, la chance qui m'accompagnait à cette époque est venue à ma rescousse. Les haut-parleurs ont annoncé les résultats d'une course qui nous voyait gagnants, alors que nous avions parié complètement au hasard. Le rire est passé de ce côté, celui de ce vent favorable qui n'arrêtait pas de me gâter, comme ce lendemain où, ayant emmené Mégumi à mon cercle de billard, j'ai écrasé Dumoulin, pourtant vice-champion du Cotentin. Et quand, au terme de la partie, ce vieux joueur s'est légèrement incliné, j'ai compris que ce n'était pas devant moi qu'il le faisait, mais devant Mégumi. Sans doute avait-il connu lui aussi, autrefois, de ces inspirations majeures.

Malheureusement l'amour ne se contente pas de ce souffle enchanté. Tout angélique qu'il soit, Cupidon se lasse de l'éther. Il craint peut-être de s'y dissoudre et, sans aller jusqu'au sensuel, quelque chose de nouveau s'est mis en marche. Je ne l'ai pas décidé. En fait je ne décidais jamais de rien. L'amour s'en chargeait. La feuille de route lui appartenait. En amour on ne décide pas, on accompagne, on cède en permanence et, malgré moi, j'ai ainsi changé de regard. Petit à petit la seule présence de Mégumi a cessé de m'être suffisante. L'aura amoureuse qui l'entourait s'est dissipée. La fin du platonisme se profilait, autre chose naissait.

Ce fut en sorte un lever de rideau sur une pièce qui devait forcément se jouer un jour ou l'autre. Le répertoire en fut essentiellement gestuel, silencieux. Registre si discret qu'il m'était difficile de savoir si Mégumi le jouait ou s'il était le fruit de mon imagination. Il faut dire que la majorité des lieux que nous fréquentions se prêtaient à ce mystère. C'étaient encore les galeries, les musées. Le monde y est différent. On y vient contempler, l'agitation en est bannie, l'esprit change de rythme, le pas se fait plus lent, on parle peu et, quand on le fait, on chuchoterait plutôt. Dans ce climat, des mouvements, des regards se sont découverts comme ce jour où, au musée de la Renaissance d'Écouen, nous nous étions éloignés l'un de l'autre. Mégumi s'était assise sur l'un des sofas de repos. Je l'ai vue croiser ses jambes, puis regarder ses mains. Elle s'est ensuite légèrement massé la cheville. Puis elle s'est levée pour aller voir une toile de près, parcours très court où seul l'élan de son corps m'est apparu. Rapidement elle est ensuite passée dans une autre salle. Je ne l'y ai pas retrouvée. Je l'ai bien perdue ainsi cinq minutes avant d'apercevoir sa silhouette, plus loin, au fond d'une suite de trois ou quatre salles. Je ne l'ai pas rejointe. Je me suis collé devant un tableau de Toussaint Dubreuil sans le voir. Et j'ai eu l'impression que, là bas, elle en faisait autant devant ce qu'elle regardait.

Bientôt je n'ai fait qu'attendre ce genre de chorégraphie. Je n'en prenais jamais l'initiative, peut-être par peur d'une maladresse mais, plus sûrement, pour le plaisir de la voir faire. C'était loin d'être incessant, la plupart de nos rendez-vous, de nos visites, n'offraient, hormis cette attente, rien de particulier. Mais quand elle s'y mettait un sismographe se serait affolé de mes émotions en fonction de l'espace qu'elle ordonnait. Elle s'installait subitement très proche, immobile à côté de moi, à nous toucher, épaule contre épaule, devant une toile. Au contraire, elle pouvait laisser trois amis se placer entre nous au théâtre, autant de va et vient qui à force de m'inquiéter, ou de me ravir, m'amenaient certaines fois à ne plus me reconnaître. Je me souviens de ce jour où nous étions face à une toile de Basquiat, peintre dont la bêtise m'a toujours sidéré. Mais Mégumi était toute proche, je l'ai vue se passer la main dans les cheveux, lent mouvement qui me fit sentir les volutes de leurs mèches, leurs arabesques, leur poids quand elles sont retombées. Et là, j'ai trouvé Basquiat magnifique. On aurait dit du Giorgione.

C'était voir quelque chose d'absent, ou présent différemment. Je note qu'à ce compte elle s'y entendait aussi pour sembler voir des choses qui n'existaient pas. Il lui arrivait de décaler légèrement son regard vers le sol, ou par-dessus mon épaule alors qu'il ne s'y trouvait rien de particulier, comme un appel à percevoir quelque chose d'invisible autour de nous. Dans ces instants, elle aurait pu me faire aimer Bernard Buffet.

On dira qu'Éros débarquait. Est-il pire que Cupidon ? Il est plus simple, plus compréhensible. Mais il peut facilement devenir grossier. À respirer Mégumi, à frémir à la moindre de ses attitudes, bref, à vibrer autour d'elle, quelque chose de malsain pouvait s'installer. Les femmes sentent ce genre de comportement qu'elles apparentent rapidement au tournicoteur libidineux si autre chose ne se déclare pas.

Cette idée me fit horreur. Elle me décida à franchir un pas. Il était temps de faire comprendre à Mégumi que je l'aimais. Une autre crainte me poussait aussi à cette décision. Depuis un moment j'avais l'impression qu'à se voir pratiquement tous les jours notre relation pouvait tourner à l'amitié, voire au rapport de travail. On s'étonnera de cette pensée quand je viens de raconter tous les paroxysmes amoureux qu'elle me faisait subir. Mais les avait-elle décidés, ou venaient-ils de moi ? Trouver Basquiat aussi beau que Giorgione prouvait la puissance de l'imaginaire amoureux. J'avais peut-être tout inventé. Par contre il était évident que cette relation quotidienne risquait, à la longue, d'amoindrir le plaisir de nous voir. L'amour s'entretient autour du désir, de l'inhabituel, de la surprise, toutes choses que la fréquence de nos rencontres rendait difficile. La séduire, me déclarer ou, plus prudemment, lui faire comprendre à quel point je l'aimais, exigeait un terrain différent, quelque chose de neuf.

J'eus envie d'un jeu, d'un nouvel espace, de quelque chose à même de mettre le feu aux poudres. Peut-être fallait-il prendre de la distance, la voir moins souvent. L'absence est une des armes de l'amour. Peut-être avais-je aussi besoin de me reposer d'elle. Voir clair en amour n'est pas toujours simple. Toujours est-il que ce jeu me tentait. Mon absence lui pèserait-elle ? C'était prendre un risque, mais sa réaction m'intéressait.

Allais-je lui manquer ? Me le ferait-elle sentir d'une façon ou d'une autre ?

En prétextant le retard que prenait ma traduction j'ai commencé par annuler deux visites de musées et une pièce de théâtre. C'était peu de choses et nous avons continué à nous voir régulièrement. Puis, lentement, je me suis mis, toujours sous le prétexte de cette traduction, à espacer de plus en plus nos rencontres jusqu'à ne plus nous voir pendant dix ou quinze jours. Je me dis aujourd'hui avoir été bien sûr de moi pour jouer à ça. Mais il le fallait. Le sens de cette distance devait finir par lui apparaître. Elle la verrait pour ce qu'elle était vraiment, un appel à autre chose, à une autre sphère, une invitation à réagir, à jouer. Mais elle ne vit rien. Quand elle m'appelait, et même si elle le faisait de manière de plus en plus espacée, c'était toujours pour me parler de notre journal, des gens qu'elle voyait à ce propos, des choses qui s'étaient décidées. Rien de personnel ne transparaissait dans son ton, rien qui puisse nous concerner, pas la trace d'un sous entendu, d'une intonation, du moindre regret quant à ces trente-deux jours qui s'étaient écoulés sans nous voir. J'ai commencé à m'inquiéter. Ne me voyait-elle que comme son traducteur, son guide dans ce pays qu'elle ne connaissait pas, voire comme son chauffeur ?

Dès lors, question manque, j'allais être servi. Mais pas dans le sens attendu. Elle n'appela plus. Pas un coup de fil, pas un mail en dix-huit jours. Et ma bêtise m'apparut. Qu'avais-je espéré ? Sur quoi cette distance que j'avais instaurée pouvait-elle déboucher ? Mégumi devait-elle m'appeler encore et encore quand elle l'avait tant fait ? Qu'attendais-je ? Qu'elle me fasse la cour ? Plus que ma bêtise, ma lâcheté, surtout, se découvrait. C'était bien de cela qu'il s'agissait. Je m'étais dérobé. Sous prétexte de créer un manque, j'avais fui ventre à terre. Peur de l'amour, de son échec ? C'était une évidence. On ne séduit pas une femme de loin, on le fait sur place. Un gosse de vingt ans l'aurait su. Petit jeune homme. Et la bêtise fit place à la honte, et cette dernière à l'inquiétude, et celle-ci à la panique ; qu'allait-elle penser ? Pauvre de moi, idiot intégral. Mon attitude ne pouvait lui inspirer qu'une seule idée : je me lassais, elle m'ennuyait. C'était la catastrophe. J'ai rappelé mais ce fut encore pour tomber sur son répondeur où, en onze jours, j'ai laissé trois messages sans réponse. Oui, question manque, le jeune homme était comblé.

Elle m'a rappelé au bout de quatorze jours. Munie de la plus exquise politesse japonaise elle s'est excusée de ce retard dû à l'écriture de son roman. Aujourd'hui, disposant d'un peu plus de temps, elle me proposait la visite d'un petit musée. Je ne le connaissais pas. Situé dans le septième arrondissement, son nom m'étonna : la *Salle des martyrs d'Extrême-Orient*.

En dehors de quelques reliques s'y exposent essentiellement les représentations des tortures les plus raffinées infligées aux missionnaires catholiques par les asiatiques. La science de ces derniers est connue et, le lieu tenant davantage de la chapelle que du musée, c'est avec recueillement que l'on découvre la savante technique tonkinoise pour découper vivant les jésuites avant d'en faire des brochettes. D'autres types d'équarrissage intéressent, tout comme certains empalements, sans oublier quelques modes de cuisson à feu doux et autres bains-marie d'ecclésiastiques.

Sans un mot ni un regard pour moi, Mégumi passait en revue ces supplices. Régulièrement elle se penchait vers les vitrines pour détailler certains instruments de torture. L'allusion était claire, et l'ironie qui s'en dégageait m'amusa jusqu'au moment où quelque chose de plus important s'exprima. Un paradis m'arrivait, une merveilleuse douceur. À côté, Mégumi n'ajoutait pas un mot. Percevait-elle mon bonheur ? Sentait-elle le bienheureux qui, lentement, savourait cet endroit en comprenant n'avoir pas été amené là par hasard ? J'avais gagné. Cette visite était ce nouveau langage, cette complicité tant espérée entre nous. Mégumi jouait. Qui d'autre aurait-elle entraîné là ? N'était-ce pas la plus jolie façon de me dire qu'elle savait, qu'elle avait compris le supplice idiot que je m'étais infligé en prenant de la distance ? Plus que tout, elle en avait saisi le sens, y avait vu ma déclaration. Indifférente à cet aveu, elle l'aurait refusé, s'en serait dégagée, aurait accentué la distance. M'amener ici était accepter le ludisme, la connivence, cette collusion indispensable à l'amour lorsqu'il se déclare. J'ai alors cherché son regard. Elle ne me l'a pas donné. C'était inutile.

Dès lors j'y ai cru. L'amour se ferait, c'était inéluctable. J'y ai cru au point de sortir de ce musée en sentant ce moment arriver. Nous marchions vers un restaurant, Mégumi m'a pris par le bras, chose qu'elle ne faisait jamais. Je me suis alors imaginé en fin de soirée, quand nous serions en bas de chez elle, en train de l'embrasser. Cet espoir m'est revenu plusieurs fois pendant le dîner parce qu'elle s'est subitement mise à jouer, et de la plus belle façon, à la geisha. Je ne lui avais jamais vu ces mouvements imperceptiblement plus lents, ces regards plus souvent baissés que d'habitude, ce quart de sourire permanent, toute attitude évoquant une sorte d'acceptation, de consentement, tandis que nous parlions de je ne sais plus quoi. Le théâtre continuait, représentation enchanteresse, mais qui s'est brusquement interrompue, en tout cas pour moi, au moment où elle s'est mise à me parler de son roman.

Plus tard, pour l'avoir souvent entendue dire qu'elle ne racontait jamais ses livres avant de les avoir terminés, j'ai vu dans cette narration une marque de confiance. Mais sur le coup, c'était rompre le charme. Plus que cela, ce fut, au fur et à mesure que je l'écoutais, voir renaître le spectre de la traduction à venir, mais surtout entendre une histoire qui m'a terriblement mis mal à l'aise. Son roman avait pour héros un boxeur, Hakira. Je passe certains détails pour en venir directement à l'essentiel. Après avoir connu la gloire des rings cet homme se retrouvait en prison. Derrière les barreaux il rencontrait un jeune boxeur, Hiro. Il le formait. Ce jeune boxeur devenait son fils spirituel, son objet, son chef-d'œuvre qui, une fois libéré, connaissait à son tour le triomphe des rings. De sa prison Hakira assistait à ses victoires. Mais Hiro était aussi ingrat qu'arrogant. Vainqueur, il se détachait de son maître. Seules les défaites le faisaient revenir, et toujours à contrecœur. Tout cela ressemblait à un rapport œdipien et j'eus l'impression que Mégumi n'envisageait pas autrement cette histoire. Je lui faisais pourtant remarquer qu'elle traitait autant du pouvoir. Se sachant indispensable, la domination d'Hakira, homme violent, impitoyable, était écrasante. Il faisait payer cher ses retours au jeune homme. Mégumi ne le niait pas, tout en me faisant observer que ces deux hommes subissaient de manière égale une dépendance intolérable. Si Hiro devait ses victoires à Hakira, elles étaient tout ce qui restait à ce dernier pour vivre, fût-ce par procuration. Dans ces conditions, qui tenait l'autre ? Au final, y aurait-il un vainqueur ? Je le lui demandai. Je la vis hésiter, ses yeux dans les miens. Puis, le regard rêveur, vers le fond du restaurant, elle me répondit qu'elle ne savait pas. Mais fallait-il un vainqueur ? Elle n'en était pas sûre. La fin, qu'elle ne connaissait pas encore, le lui dirait peut-être. Pour l'instant seules l'intéressaient les contradictions de ses personnages, ces allers et retours entre leur estime réciproque et cette détestation qu'engendrait leur dépendance mutuelle, bref, cet amour-haine qu'ils subissaient, mais qu'elle s'attachait, précisa-t-elle, à exprimer très simplement, n'ayant affaire, ajouta-t-elle soudainement en riant, « qu'à deux belles brutes, trop entières pour la jouer fine ».

Je me suis senti refroidir. J'ai oublié le baiser auquel j'avais pensé en début de soirée. Ne pas faire le rapprochement entre ce qu'elle écrivait et notre situation m'était impossible. Le reste, l'interminable conversation que nous avons eue ce soir-là autour de son travail, de la construction de ses personnages, de leurs péripéties, ne me parvenait que superficiellement. Je ne retenais qu'une chose : Hiro devait sa célébrité à Hakira. Comme Mégumi me devait la sienne. *Journées d'automne* revenait au galop. Savait-elle à quel point je l'avais trafiqué ?

Fallait-il de nouveau subir cette question ? J'en avais fait mille fois le tour. D'en faire un nouveau n'amena que la même réponse. Si Mégumi savait, nous étions complices. Si elle ne savait pas, cette affaire restait la mienne. Où était le problème ? Il était d'avoir entendu une histoire qui ressemblait à la nôtre. En tout cas à la mienne. Cela changeait beaucoup. À moins que ce ne soit une simple coïncidence, ou encore la pure interprétation de ma part d'un sujet qui, en fait, n'avait rien à voir avec nous. De Valjean à Cyrano, les exemples ne manquent pas d'un héros, d'un Pygmalion resté dans l'ombre.

C'était reparti. Pourquoi m'avait-elle raconté ce sujet ? Préparait-elle le terrain en vue d'une demande de traduction ? De ce côté ma position était définitive. Je ne changerais pas une virgule. Plus que cela, je pouvais franchement refuser de traduire. Je l'avais fait pour *Matins de Tokyo* et Mégumi ne semblait pas m'en vouloir. Mais il est vrai que c'était avant le fiasco de ce livre rejeté par la critique et le public pour sa monotonie. En y repensant quelque chose me troubla encore. Nous n'avions jamais parlé de cet échec autrement que pour le mettre un peu vite sur le compte de la malchance ou de la concurrence d'autres romans publiés en même temps. Mégumi était-elle consciente de ce que tous mes ajouts avaient offert à *Journées d'automne*, ce supplément de vie, cette légèreté ? Attendait-elle de moi les mêmes adjonctions, la même trahison ?

Je ne pouvais pas le croire. C'était impossible. Il était totalement inconcevable que Mégumi puisse envisager de se servir de moi. C'eût été énorme, d'une malhonnêteté sans nom. À l'extrême limite, s'étant aperçue des modifications de *Journées d'automne* elle aurait pu, au choix, s'en indigner ou s'en amuser, puis, vu le succès, passer l'éponge. Mais l'imaginer capable de me demander de réitérer mon geste était en faire une personne abjecte. Comment osais-je, comment avais-je pu, ne serait-ce qu'une minute, lui attribuer un tel calcul ? C'était la salir, l'abaisser, à s'en dégoûter. Et au nom de quoi ? C'est là que j'ai vu revenir un des pièges préférés du bel amour, son paradoxe favori, celui de s'autodétruire. Et pour quel échange ? Celui d'une liberté retrouvée ? Mais où était ma prison quand, chaque jour, Mégumi continuait à me dispenser ses airs de geisha ? Elle me les offrait avec science, instants d'une inimitable douceur, doublée d'un assentiment aussi muet qu'entendu, savant *divertimento* qu'elle allégeait d'une pointe d'humour, d'une réjouissance certaine, sans inquiétude quant au paradis à venir.

Malgré tout ce n'étaient que des instants, au mieux de courtes séquences. Et à me croire si sûr de moi, à penser maintenant disposer du moment rêvé, celui du baiser, je risquais l'erreur, la première étant de lui faire trop sentir cette certitude, cette prétention à disposer de la minute finale. J'ai préféré attendre un peu. Attente souvent doublée d'un sentiment d'erreur, mais qui ne m'inquiétait pas. Je connaissais bien la facilité avec laquelle l'amour vous fait croire à la faute. On se repasse le film de la veille en pensant s'être trompé. Je trouvais mes regards trop appuyés, grossièrement complices. Je me suis vu chercher à briller excessivement, ou à afficher une décontraction qui frisait une familiarité trop précoce. Je n'en faisais pas un drame. La confiance reprenait le dessus quand je me disais qu'une femme qui aime s'arrange toujours pour s'amuser de lourdeurs qu'elle aurait jugées insupportables chez un autre.

Et puis cette attente n'était pas faite que d'erreurs. Je crois l'avoir voulue pour faire durer cette période unique, celle où l'on sait l'amour certain. On en retarde l'appareillage pour en garder la plénitude. La vie ne l'a pas encore entamé, et je crois que cet éther aurait pu me convenir plus longtemps si je n'avais entrevu chez Mégumi une contrariété. Je ne parlerais pas d'un reproche, elle était trop délicate pour cela, mais, à la vitesse de l'éclair, il me sembla, une ou deux fois, lire dans ses yeux la possibilité d'une ondée, d'un grain à venir. Je crois que ces brefs éclats m'ont poussé à agir. Le moment était venu.

Je le voulais exceptionnel, pas n'importe où. Autant qu'un commencement, ce premier baiser devait être un beau souvenir, peut-être le plus beau. Et j'ai commencé à l'échafauder. Ce serait ce soir, en bas de chez elle, dans la voiture, après le retour du théâtre. Ou alors dans trois jours, à Chambord, quand nous ferions un tour dans le parc après le concert. Mais ce genre de préparation l'a rendu à chaque fois impossible. Au dernier moment quelque chose m'arrêtait, sans doute cette anticipation que Mégumi comme moi devions sentir. Le baiser aurait été accepté, j'en étais sûr, mais son manque de spontanéité l'aurait gâché. Il fallait le laisser venir, surtout qu'il soit simultané, et j'ai davantage écouté l'envie de Mégumi que la mienne. Mais en plusieurs circonstances j'ai encore marqué une hésitation, fraction de seconde fatale, irrécupérable ; un tel événement ne se remet pas en route dans l'instant.

Ces hésitations venaient-elles de savoir que la vie allait irrémédiablement basculer ? Peut-être. Mais retarder était aussi vivre un nouveau plaisir, ce désir sensuel qui nous arrivait. J'avoue l'avoir savouré quelque temps mais, l'inquiétude que Mégumi puisse à la longue, mal interpréter cette nouveauté m'a fait me décider une fois pour toutes.

Je me souviens du moment où j'ai pris cette décision. J'étais venu chercher Mégumi à la Maison de la culture du Japon où elle venait parfois écrire. J'en profitais pour chercher un ouvrage dont j'avais besoin et nous sommes allés ensemble à la bibliothèque. Nous étions dans une allée déserte devant des rayonnages, feuilletant chacun des livres à quelques mètres l'un de l'autre.

Et c'est là, dans ce silence, que j'ai compris à quel point le désir qui nous tenait risquait de devenir pervers si je n'y mettais pas rapidement un terme. Mon plan fut alors vite établi, ce serait demain, dans une soirée que donnait un des sponsors de notre magazine. Devant mon livre, que je ne faisais que survoler, je m'y projetais déjà. Je connaissais bien le lieu, un hôtel particulier de la banlieue ouest. Au premier étage se trouvait une petite pièce où le propriétaire exposait une collection d'antiques. Lors de ses fêtes, dont j'étais un habitué, j'avais remarqué que les convives n'y montaient jamais. Je trouverais bien le moyen d'y entraîner Mégumi. Elle ne pourrait pas refuser d'aller voir ces merveilles exposées dans une semi-obscurité. C'est là que je l'embrasserais, au milieu de ces statuettes romaines, de ces céramiques byzantines, de ces bustes grecs, réunis dans une douce pénombre. La musique de l'orchestre de chambre qui viendrait du jardin accompagnerait cette magie. Et vraiment sûr de moi, de mon plan, j'étais déjà complètement dans cette soirée, cette étreinte, cet amour, ce moment tant espéré quand, graduellement, je me suis aperçu y être effectivement. Mégumi était dans mes bras. Elle s'y lovait, ses mains caressaient mon visage, enserraient ma nuque puis, lentement, ses lèvres sont venues se poser sur les miennes. Elle m'embrassait, là, dans l'allée déserte de cette bibliothèque.

On a beaucoup glosé sur l'immortalité. C'est un des rêves les plus anciens qui soit. Pour certains, c'est un leurre, chaque chose devant finir. Pour d'autres, souvent de grands mystiques, la chose est accessible au terme d'une vie toute de prières et de grands renoncements. Loin de moi l'idée de trancher cette querelle. Je ne parlerai que de mon expérience : j'ai été immortel.

On en rira. Par définition le passé composé s'oppose à l'immortalité. Rira qui voudra, je maintiens le paradoxe ; j'ai été immortel. J'ai connu cette disparition du temps, cet effacement de l'obstacle et, plus généralement, du tout-venant. Cette grâce vous pousse à ne plus comprendre ce qui subsiste du monde. Mais qu'ont-ils tous à s'inquiéter quand le royaume est là ?

Royaume, il est vrai, réservé aux élus. Mais je n'insisterai pas davantage. Le faire, décrire cet envol, cette apesanteur, prendrait des pages et des pages. Et puis, par comparaison, cette description insulterait la création, la matière, le physiologique, bref, ce que nous sommes, le bas monde. Reste que la puissance de ce dernier n'est pas à mépriser. Sa nature n'est pas habituée à l'immortalité et elle a le chic pour vous faire découvrir un jour ou l'autre qu'on est pas immortels pour toujours.

La chose est connue. Les mythologies du monde entier sont pleines de dieux condamnés à l'incarnation, d'âmes déchues, et d'autres bienheureux chassés du paradis. Les causes de ces anathèmes sont multiples, elles encombrent les manuels de théologie et, loin de ces hauteurs, je me contenterai de ma modeste expérience. Elle s'est produite le jour où Mégumi m'a demandé de traduire son roman.

J'ai dit m'y attendre. C'était le cas. Mais l'arrivée d'un événement diffère souvent de sa prévision. Son contexte n'est pas toujours le même. La résolution de ne pas changer une virgule avait été prise dans l'absolu, comme une évidence. Ma dépression finie, il était clair que je redeviendrais ce que j'avais toujours été, le traducteur fidèle de mes auteurs. Le problème était de ne jamais avoir été amoureux d'un de ces auteurs. Amoureux ? Le mot est faible. Embrasser

Mégumi, vivre avec elle, fut une révolution. À ce propos je ne me priverais pas de dire que l'amour est la seule révolution crédible. Les autres finissent toujours par tenir davantage de la révolte, du soulèvement ou de la nouveauté que d'un changement constitutif. Ici, ce changement de nature, dont je me suis amusé en parlant d'immortalité, changeait le contexte de ma résolution.

Allais-je détruire ces jours, ces six mois de vie commune dont chaque minute me transportait ? On dira que j'exagère, qu'un transport continu est impossible, qu'il tient de l'hystérie. On se trompe. Nous avions tout pour nous, célibataires, sans enfants, notre liaison n'entraînait aucun dommage pour quiconque et ces jours ne furent bien que quiétude, douceur, certitude mutuelle de leur pérennité.

Je ne me souviens même pas du moment où nous avons décidé de vivre ensemble. La chose s'est faite naturellement. Je n'ai pas vu Mégumi s'attarder de plus en plus le matin, la plupart du temps au lit dans mes bras, puis plus régulièrement dans l'appartement où ses vêtements ont commencé à prendre de la place dans ma penderie. Je ne me souviens pas plus de cette première fois où elle a amené son ordinateur pour écrire. Ces étapes ne faisaient pas date, elles étaient là depuis toujours.

Seules nos trois ou quatre premiers jours me reviennent précisément en mémoire. Nous n'avons fait que l'amour il ne nous quittait pas, il nous le fallait sans cesse nous l'avions trop attendu pour nous en séparer il prolongeait nos nuits le jour et même dehors, main dans la main en allant faire les courses, ou au petit restaurant du coin, il trouvait encore le moyen de nous caresser, de nous ensevelir dans ses câlineries, sans jamais nous donner envie de nous reposer l'un de l'autre autrement, encore, qu'ensemble.

La vie se ritualisa ensuite autour de ce qui continuait à ressembler à des vacances. Je crois que Mégumi vécut ces premiers mois de la même façon, une sorte de bord de mer, de beau temps permanent, même si elle travaillait beaucoup. Elle me disait ne l'avoir jamais fait aussi bien qu'en s'enfermant dès le matin dans mon bureau dont elle avait définitivement pris possession. Elle n'en sortait que pour aller se faire un thé dans la cuisine, sans jamais oublier au passage de m'offrir quelques petits baisers dans le salon où je m'étais installé pour mes traductions. Elle m'en demandait parfois des nouvelles, voulait savoir ce qu'il advenait de leurs personnages. Ils allaient bien, ne me donnaient aucun mal, tout coulait de source durant cette période. Au billard, j'ai gagné le tournoi annuel du club en mettant quarante points dans la vue à Dumoulin. Le pauvre n'en revenait pas de voir l'amour durer si longtemps.

Il durait au point d'abolir les barrières les plus intimes, les plus douloureuses, celles des blessures lointaines qu'on cache à l'être aimé autant pour les oublier que pour éviter de lui dire qu'on a déjà aimé ailleurs, souffert pour d'autres. L'autre ne doit pas le savoir, ou de très loin, pour se penser le premier. Mais ces souvenirs ne nous faisaient plus peur et, un soir, serrés l'un contre l'autre sur le canapé, Mégumi me demanda, un peu taquine, comme si cela ne pouvait plus être qu'amusant, de lui raconter les femmes que j'avais aimées. J'ai parlé de Marie, lui ai dit toute la violence de notre séparation, ses conséquences, ma dépression, l'alcool, tout, excepté, et on le comprendra, *Journées d'automne*. Je me suis alors demandé si j'aurais un jour le courage de lui dire la vérité. Peut-être. Peut-être même très prochainement. L'amour lui permettrait de me comprendre, d'admettre. Il était aussi possible qu'elle s'en amuse puisque tout semblait maintenant le faire. Je m'en aperçus une nuit tandis que nous roulions sur l'autoroute. La légèreté avec laquelle elle évoqua les deux hommes qui paraissaient avoir compté dans sa vie m'étonna. Elle ne me donna même pas l'impression de les avoir aimés. Seule la culpabilité de leur séparation la préoccupait. Elle la mettait sur le fait de s'être trop souvent isolée, perdue dans ses romans, d'avoir toujours mis ces derniers au premier rang de sa vie, attitude que ces hommes avaient fini par supporter difficilement, puis plus du tout. J'aurais aimé en savoir plus, mais Mégumi se contenta ici d'un éclat de rire en posant sa tête sur mon épaule.

Quant à son roman, elle ne m'en parla pratiquement plus sauf pour me dire qu'il avançait. Elle prétextait ne pas aimer y penser après ses heures de travail. Elle craignait de s'y enfermer. Il lui fallait au contraire se distraire et, très vite, nous nous sommes mis à beaucoup sortir et recevoir. C'était à chaque fois un cérémonial qui m'amusait. Elle adorait se préparer, et passait un temps fou à le faire dans la salle de bain, puis à essayer tenue sur tenue en venant me les présenter pour avis. Mais sitôt dans le monde ses incertitudes la quittaient et elle rayonnait comme jamais. Je l'ai vue devenir une vraie reine, organisant savamment nos dîners qui devinrent très recherchés et qu'on s'empressait de nous rendre. Ces mondanités auraient pu m'agacer si chaque matin je ne l'avais pas entendue s'en amuser avec détachement.

Que s'est-il passé ? Au nom de quoi cette insouciance s'est-elle éparpillée pour finir par disparaître ? Quelle erreur ai-je commise ? Et qu'on ne vienne pas me parler du temps, ce saboteur d'amour. Le temps n'a pas joué, l'amour était toujours là. Dans le silence de nos après-midi de travail je n'entendais toujours que lui. Il me suffisait de regarder la porte de mon bureau, Mégumi allait en sortir pour son thé, me sourire, comme ce soir elle me sourirait de loin quand nous serions dans le monde. Mais ce n'était plus le même sourire, quelque chose l'accompagnait, peut-être un automatisme, une habitude, qui gâchait son naturel.

En un mois ce changement ne fit que s'accentuer. Le matin, Mégumi s'attardait de moins en moins dans mes bras. Et pendant nos petits déjeuners, quand nous parlions de nos soirées de la veille, ou de nos projets de voyages, dont celui du Japon qui me tenait tant à cœur, elle était moins là, préoccupée d'autre chose. Je fus vite certain que c'était de son roman. J'hésitais pourtant à lui en parler. Ce livre était son jardin, je n'avais pas à y entrer sans y être invité. Et puis je craignais que de souligner son trouble ne fasse que l'aggraver, alors que cet état n'était peut-être que passager. Je gardais aussi à l'esprit ses propos sur la destruction de ses anciens amours, ces hommes qui n'avaient pas toléré d'être relégués au second plan quand le roman prenait le dessus. Allais-je tomber dans ce travers ? Je préférais miser sur la patience, accompagner Mégumi avec tendresse dans cette mauvaise passe en me contentant de lui demander, toujours avec légèreté, comment se passait son travail. Ne me restait ensuite qu'à faire semblant de la croire en l'entendant me dire que tout allait bien. Tout juste admettait-elle écrire un peu moins vite, mais sans que cela influe sur l'ensemble.

Ce mensonge me déplaisait. Je ne comprenais pas pourquoi, sans me parler du détail de ses problèmes, elle ne me les avouait pas. C'était m'exclure. Malgré tout je l'excusais. Il était peut-être important pour elle, pour la qualité de son livre, d'en vaincre seule les difficultés.

Mais bien vite j'eus l'impression que mon silence n'était pas la bonne solution. Le repli de Mégumi s'accentuait, comme dans ces soirées où elle s'ennuyait visiblement très vite, toujours pressée de partir pour, ensuite, contrairement à son habitude, n'avoir aucun mot à propos des uns ou des autres. Un autre jour son regard m'alarma particulièrement. Assise dans un des fauteuils du salon elle lisait comme elle aimait le faire pendant des heures quand nous ne sortions pas. Mais ici elle ne lisait pas. Ses yeux ne parcouraient pas les lignes. Son regard vers la page était fixe, noir, absent.

Cette expression m'a fait très peur. Peur pour elle, mais aussi pour nous. Il devenait dangereux de la voir s'emmurer huit ou dix heures par jour dans le bureau pour en sortir avec ce sourire et ces mots gentils uniquement destinés à me rassurer. Je ne me satisfaisais plus de l'entendre me dire que tout avançait normalement, que je n'avais pas à m'inquiéter, qu'elle était simplement un peu fatiguée. J'avais envie de lire, de voir ce qui la mettait dans cet état, car, j'en étais certain, le livre jouait son rôle.

Lui demander de lire. Je n'attendais que ce moment. Le problème était de l'avoir toujours entendue dire que par crainte d'interférences extérieures elle s'était toujours refusée à donner à lire un travail en cours. Le blocage était là. Lui demander de lire serait lui faire violence. Comment le supporterait-elle ? Et comment supporterais-je un refus ? C'était peut-être ouvrir la porte, non à un conflit, mais à une première déception entre nous.

Mais l'amour a joué. Au moment où je m'y attendais le moins j'en ai reçu la plus belle preuve. Mégumi me l'a offerte une après-midi en sortant du bureau. Elle tenait à la main une cinquantaine de pages. Ce n'était pas la totalité de son roman, juste le début. Elle me demandait de le lire. J'aurais aimé en rester là pour apprécier en silence ce geste qui, bien au delà d'une demande de lecture, ne parlait que d'amour. Malheureusement la fébrilité de Mégumi m'en empêcha. Je l'entendis immédiatement se noyer dans une critique paniquée de ses premières pages. Pour elle, tout y était trop spectaculaire. De peur d'ennuyer elle s'était fourvoyée dans le sensationnel, le superficiel, une dramaturgie à rebondissements et, sans me dire lesquels, elle souhaitait me voir identifier les moments où ces défauts étaient les plus apparents.

Cet affolement me fit jouer un apaisement un peu paternel. J'assurais Mégumi que seul un surcroît de travail pouvait la rendre aussi sévère. Je l'ai vue ensuite sourire en me voyant choisir de descendre lire dans un café plutôt qu'ici, où sa nervosité risquait d'agir sur ma lecture.

J'ai lu d'une traite. Et je n'ai pas regretté de m'être isolé de Mégumi pour le faire. Elle aurait pu voir sur mon visage l'expectative que créaient ces cinquante pages. Je n'en revenais pas d'un pareil changement de style. Que signifiaient cette ornementation de la phrase, ces personnages sans cesse en mouvement, comme ces descriptions qui manquaient de simplicité ? C'était sans doute de cela dont Mégumi parlait en s'inquiétant du sensationnel, du superficiel. Plus encore, la phrase sentait par moment le fabriqué, la virtuosité facile, inutile.

Je n'en revenais pas. Où était la Mégumi de *Journées d'automne* et de *Matins de Tokyo* ? Où était son charme, la courte description, l'absence de développement, bref ce minimalisme qui confinait sans doute à l'austérité mais qui faisait aussi toute l'originalité de sa plume ? J'en restais muet. En même temps naissait en moi l'idée d'une influence de Mégumi. Son inquiétude, cette auto-critique affolée, m'avait peut-être poussé à chercher systématiquement les défauts dont elle avait parlé. Jusqu'à les amplifier ? C'était possible. J'ai alors relu, et certains passages ont en effet modéré mon jugement. Ce n'était certes pas l'habituelle Mégumi, mais elle avait le droit d'évoluer. D'autre part, si l'on faisait abstraction de son ancien style, ce début de roman était tout à fait prenant. On s'attachait immédiatement à Hakira, cet ancien champion incarcéré, qui décidait de faire du jeune Hiro son double en liberté.

Sincèrement, prendre parti m'était difficile. La crainte de troubler Mégumi, de l'enfoncer dans ses doutes, ne joua pourtant pas dans ma réaction. Je lui disais franchement qu'elle venait bien sûr de perdre quelque chose qui n'appartenait qu'à elle, mais loin d'une défaite cet abandon était la conquête d'une nouveauté, une naissance, une nouvelle aventure dont elle avait tort de s'inquiéter. J'argumentai dans ce sens : tout changement fait peur. On sait ce que l'on quitte sans bien évaluer ce qui le remplace.

En face, assise dans le canapé, Mégumi m'écoutait sans m'interrompre. Par instants sur la défensive, elle se repliait sur elle-même, enserrant ses genoux dans ses bras. J'aurais alors aimé une question, une demande de précisions. Mais elle se contentait de hocher pensivement la tête, ou de baisser les yeux quand je me taisais, comme une invite à poursuivre. Ce mutisme m'était un peu pénible. En me donnant ce texte Mégumi me demandait une aide que j'avais conscience de ne pas offrir. À défaut, et cessant de peser le pour et le contre de l'étonnante mutation de son style, je l'encourageai maintenant à continuer, sans état d'âme, jusqu'à la fin. J'insistai là-dessus, sur cette nécessité de finir, pour juger. Ce point de vue la rassura. L'objectif de la fin, sur lequel j'insistais encore, lui faisait oublier les difficultés en cours. Je la vis revenir à elle-même, plus résolue, tranquillisée. Surtout, elle retrouva son sourire léger, amusé, celui qui appelait aux câlins. Il ne m'en fallait pas plus et, l'un contre l'autre, ce ne fut plus que des mots doux.

J'ai passé l'après-midi heureux de cette temporisation. Malheureusement elle n'a pas duré longtemps. Le soir même, et alors que je préparais le dîner dans la cuisine, Mégumi y est entrée assez brutalement. Elle a commencé par s'excuser de ce qu'elle appelait son revirement. Elle venait de relire pour la énième fois son début dont elle ne voyait toujours que les défauts. Je n'avais rien à me reprocher mais, pour elle, je ne pouvais pas être objectif. Notre relation l'empêchait. Quoique j'en dise, et c'était bien normal, je chercherai toujours à la rassurer. Je n'eus pas le temps de lui répondre qu'un peu plus de temps m'aurait permis de mieux parler de son texte. Elle était dans l'urgence, elle voulait un autre point de vue. Celui d'une personne parfaitement neutre. Solange, son éditrice, le serait. Elle seule pourrait lui parler objectivement de son travail. Le ton était définitif. Il était hors de question de la contrarier. Et j'ai dû accepté de traduire une trentaine de pages pour que Solange puisse lire.

Mais finalement, loin de me contrarier, cette traduction m'arrangeait. L'avis de Solange m'éviterait d'être seul à subir les doutes de Mégumi. Au-delà, son point de vue m'intéressait. Serait-il le même que le mien ? Rien n'était moins sûr. Solange pouvait tout à fait admettre le changement de style de Mégumi. Mégumi dont la justesse d'analyse m'apparaissait de plus en plus. Il était évident que je l'aimais trop pour être objectif. Consciemment ou pas, ce qui nous liait devait interférer. J'ai alors traduit le plus fidèlement possible, presque scolairement. J'évitais le moindre écart, la moindre interprétation. Ce travail était assez froid, mais cette parfaite neutralité était indispensable au jugement de Solange.

Je ne l'ai pas entendue de vive voix. Respect de l'auteur oblige, Solange a d'abord téléphoné à Mégumi. J'en ai vu immédiatement les conséquences. Mégumi n'exprimait plus qu'une immense lassitude à l'idée de faire des corrections. Car c'était bien de cela qu'il s'agissait. Habilement Solange n'avait jamais prononcé le mot. Elle avait préféré en faire cent fois le tour pour que Mégumi finisse par le dire elle-même. Et maintenant cette idée l'épuisait. Cela me valut au passage un coup d'œil réprobateur. Celui de ne pas avoir eu le courage, ou la possibilité, de prendre parti ? Je m'en défendais en maintenant qu'il fallait finir avant d'entreprendre toute correction. Mais Mégumi s'y refusait. Elle ne voulait pas aborder la fin sur un mauvais élan. Elle devait corriger ces deux cent premières pages pour aborder cette fin dont, d'ailleurs, elle n'était pas encore certaine. Corriger lui laisserait le temps d'y penser.

Ces corrections lui firent mal dès le début. Elle cherchait à le cacher mais une heure avant de s'y mettre son visage commençait à se fermer. C'était une contrariété permanente qui l'amena très rapidement à espacer les sorties puis à les refuser toutes, le temps de finir. Je l'accompagnais de mon mieux dans ce qu'elle appelait son enfermement monacal. Il y avait de ça ; levée et couchée tôt, je l'ai vue ne pas prendre l'air pendant trois jours. Moins agréable, elle se négligeait un peu, portait deux jours de suite le même polo, se contentait de deux coups de brosse pour se coiffer et quand elle ne travaillait pas je ne sentais que sa hâte de retourner le faire.

De mon côté, je traduisais chapitre par chapitre. Et dès le premier, le sens de son travail m'apparut clairement. Elle modifiait tout ce qu'elle s'était reproché, ce qu'elle appelait le spectaculaire, le sensationnel. C'était mettre sans cesse des bémols, atténuer les mouvements, parfois les casser. Des cris cessaient de l'être, les expressions menaçantes d'Hakira l'étaient moins, devenaient plus intérieures. Elle abrégea également plusieurs affrontements très physiques entre prisonniers pour les rendre plus mentaux.

C'était incontestablement aller dans le bon sens. Je le lui disais chaque jour. Mais, contrairement à ce que j'espérais, cela ne diminua en rien sa nervosité. Mes encouragements ne lui suffisaient pas. Elle me demandait maintenant de les justifier, d'en faire l'analyse jusqu'au moindre détail, jusqu'à m'y embrouiller, parfois à la limite de l'irritation, comme certains soirs où, texte japonais en main, elle finissait par ne relever que mes contradictions. En fait c'était ne parler que des siennes, de son angoisse. J'en voyais les dégâts. Je la trouvai une après-midi couchée en chien de fusil sur le divan de mon bureau, les feuilles en désordre, en friche autour de son ordinateur. Je me gardai bien de la réveiller. Je prenais mon mal en patience, me contentant de retrouver ma Mégumi le matin, au réveil, dans mes bras, pour quelques caresses, quelques mots gentils. Autrement ce n'était que la violence de ces corrections, cette impression de s'amputer, comme elle disait, constamment fatiguée, au point un soir de s'endormir dans la baignoire. Je regardais son visage, il virait au pâle, les yeux cernés et, plus dur que tout, j'eus le sentiment d'une expression amère sur ses lèvres, d'une reddition toute proche.

Sentait-elle ses corrections devenir maladroites ? Elle en oubliait en tout cas certaines. Je m'en apercevais chaque jour en traduisant. Mais ces lacunes étaient normales, Mégumi saturait. L'urgence était qu'elle finisse, et relever ses négligences n'aurait servi qu'à la freiner. C'étaient d'ailleurs des broutilles. La plupart du temps des phrases un peu trop longues. Un point et une majuscule suffisaient à rectifier ces fautes d'inattention. Parfois, tout de même, Mégumi s'oubliait un peu trop et, ici ou là, j'ai dû, par cohérence avec les modifications antérieures, modifier encore une ou deux bricoles. Toujours des riens, de simples étourderies de ma Mégumi chérie. Je les corrigeais en disséminant à droite, à gauche, quelques mots supplémentaires ou, peut-être, mais vraiment très rarement, en supprimant une ou deux phrases.

À quoi tient un texte ? Nous en avons parlé pendant tout un déjeuner avec Solange. Déjeuner heureux, détendu, avec une Mégumi tout au plaisir d'entendre Solange lui répéter que le roman était maintenant lancé. Le ton, les personnages, leur rapport, tout était parfait. De là tout le redevint avec Mégumi. Le soir même nous dînions aux chandelles dans un des restaurants de nos débuts. Nous les avons évoqués en cherchant le moment où nous étions tombés amoureux l'un de l'autre. Était-il possible de le savoir ? L'amour se révèle-t-il aussi précisément ? Mégumi ne le croyait pas. Il lui avait fallu du temps, celui de comprendre qu'elle pensait beaucoup à moi, beaucoup trop. Mes souvenirs étaient plus nets. J'ai parlé de ce jour où, jouant au billard, j'assimilais son visage à l'étrange légèreté qui s'emparait de moi. J'évoquais aussi cette soirée où, recevant des amis, j'avais dressé quatre couverts alors que nous n'étions que trois. Ces souvenirs ressemblaient furieusement à une nouvelle déclaration et, en les écoutant, Mégumi souriait, riait, pleine d'un bonheur qui revenait au galop. Elle s'en rendit compte, et, un soir, blottie contre moi, elle m'a demandé pardon pour les jours difficiles qu'elle venait de me faire vivre.

Nous les avons définitivement oubliés en partant en Touraine pour un week-end. Ce ne fut que promenades le long de la Loire et des vignobles. Dans un village aux pierres blanches et aux toits bleu marine nous avons visité une maison à louer. Elle datait du dix-neuvième siècle, son mobilier n'en était pas loin non plus, au point de nous faire imaginer derrière chaque porte un notaire balzacien ou un M. Homais. Et dans ce calme retrouvé je n'ai pas entendu une fois Mégumi évoquer ses corrections. Elle s'en reposait, respirait, retrouvait ses forces, son plaisir.

Je le sentais en traduisant ses corrections. Ce bonheur retrouvé, nos dîners et nos sorties en ville, toute cette vie parisienne qu'elle aimait tant, l'entraînaient parfois, non à bâcler, mais à expédier un peu trop vite son texte. Ce n'était jamais bien grave, mais enfin, quitte à traduire, il était important de maintenir une attention qui, parfois, lui échappait. Je le lui devais, autant à elle qu'à notre couple. Dans cette optique j'ai dû faire preuve d'un peu plus de rigueur, je dirais même d'abnégation, que lors des deux précédents chapitres. Je m'arrêtais parfois dix minutes sur un mot ou une tournure avant de comprendre pourquoi Mégumi s'était trompée en l'employant. Je me suis aperçu que ces erreurs se produisaient souvent au lendemain de fêtes un peu trop tardives. La fatigue la portait à des inattentions jamais vraiment grossières mais qui, répétées, affaiblissaient la véritable signification de certains passages. La difficulté était de bien saisir le sens de ces derniers pour retrouver ce que Mégumi suggérait vraiment. Cet obstacle surmonté me permit d'ajouter un certain nombre de choses qui lui avaient échappé, mais aussi d'en supprimer d'autres, comme ce petit paragraphe dans le quatrième chapitre, pour autant d'ailleurs qu'on puisse appeler paragraphe cinq ou six phrases qui n'avaient pas leur place.

Je n'ai eu qu'à me féliciter de ce dévouement en entendant Solange dire à Mégumi qu'elle écrivait son meilleur livre. J'étais d'accord, ce roman possédait une légèreté et un dynamisme tout à fait nouveau chez elle. Pour moi cette réussite n'était que le reflet de notre vie. La grâce jouait chaque jour en notre faveur, à l'image d'un petit succès auquel je tenais depuis longtemps. J'ai évoqué plus haut mon goût pour la cuisine. Sans me vanter, ma table faisait de plus en plus l'unanimité. On y venait pour s'y rencontrer, s'amuser, mais maintenant aussi pour s'y régaler. Le bonheur portant au talent, il était temps de mettre ces progrès culinaires au service d'un vieux rêve : réussir ce pâté en croûte dont j'ai déjà parlé.

On rira de ce défi en le considérant trop rustique. Mais, justement, toute l'affaire consistait à transformer cette rusticité en une saveur digne des meilleurs fondants. Alchimie difficile, mais qui avait valu à l'immense Raoul Bergereau son titre de meilleur ouvrier de France 2004. Aussi, en apprenant la présence de ce maître au Symposium annuel de la terrine française, je me décidai à lui présenter ma préparation. Faut-il dire ma fierté ? Oui, il faut la dire. Chacun doit, quand la grâce l'accompagne, affirmer sa reconnaissance. Bergereau m'a reçu entre deux discours. Il a goûté. Puis, bien davantage que ses compliments, j'ai senti dans sa poignée de main quelque chose de fraternel. Je n'ai rien dit. Je préfère en revenir à la grâce, au céleste, à Mégumi qui était à côté de moi.

J'aurais dû comprendre que tout était trop beau et surveiller d'un peu plus près cette eau dormante. Mais au nom de quoi ? L'éden se poursuivait, comme ce jour où, lors d'un nouveau week-end en Touraine, Mégumi eut envie de louer à l'année la maison que nous avions visitée. Je n'ai pas hésité une seconde. J'ai tout de suite vu cette maison comme un nouveau paradis, un jardin secret qui, loin de l'agitation parisienne, ne serait qu'à nous.

Ce fut le cas au début. Mégumi se prit de passion pour cette région, ce fameux « jardin de la France », son histoire, ses châteaux. Elle aimait particulièrement parcourir les villages à pied, observer leurs détails, une fontaine, le presbytère d'une église, une statuette au fronton d'une maison, une croix de pierre au détour d'un chemin. Tout la faisait rêver, la portait à imaginer un monde disparu. Je le faisais avec elle, c'était voyager ailleurs, ensemble, et quand nous ne le faisions plus, guide gastronomique en main, nos goûts devenaient plus prosaïques.

Je ne sais pas de quelle manière ces week-ends influencèrent son travail. Toujours est-il que le rythme de ses corrections se fit plus lent. De retour à Paris il lui fallut parfois deux jours pour me donner quatre pages. Le lui faisant remarquer elle m'expliqua que l'issue de son livre commençait à la préoccuper. Elle s'était arrêtée juste avant, mais, au fur et à mesure que ses corrections avançaient, l'idée d'avoir à rédiger cette fin la freinait. Elle se demandait même si ces corrections, normalement faites une fois le livre fini, ne servaient pas uniquement à retarder ce moment, toujours un peu difficile, où il faut terminer. Je lui proposai de l'aider, de parler de cette fin, mais après avoir hésité, elle ne le souhaita pas. Elle n'était pas prête, tout était encore trop flou, et à y penser sans cesse elle risquait de prendre une mauvaise décision. Elle en revint ainsi à sa première idée, à savoir que ces corrections étaient la meilleure façon de laisser mûrir le dénouement de son livre.

J'ai d'abord cru qu'elle avait raison. Mais ses corrections n'avancèrent pas plus vite. Plus encore, je la vis revenir à ses moments distants, lointains, annonce de perturbations dont je craignais les répercussions sur son travail. Elle fut la première à s'en rendre compte et, un matin, alors que nous étions en Touraine, elle m'annonça son envie d'y rester pour la semaine. La vie parisienne la fatiguait trop, il lui fallait du calme.

Cela fait aujourd'hui un mois et demi qu'elle est enfermée dans cette maison. Elle ne me donne plus le droit de l'y rejoindre. Elle y écrit la fin de son roman. Cette maudite fin qui, j'en ai peur, pourrait être aussi la mienne. Mais écrit-elle vraiment la fin de son livre ? Rien n'est moins sûr. Pour moi, elle peut l'avoir tout simplement abandonnée. Je ne sais pas, je ne sais plus.

Je sais seulement que je n'ai plus aucune nouvelle. Il est en effet impossible d'appeler nouvelles les quelques mots que nous échangeons par mail. Quant à lui téléphoner, cela ne fait que la déranger. Elle a la gentillesse de ne pas me le dire clairement mais, justement, c'est cette gentillesse qui m'inquiète. Mégumi me donne l'impression de s'y sentir obligée, comme si me dire la vérité pouvait m'anéantir.

Peut-être aurais-je dû faire davantage attention à ses rires. Confusément je leur trouvais quelque chose d'un peu trop systématique. Mais la gaieté de Mégumi, la régularité de ses corrections et le bonheur de la retrouver chaque week-end empêchaient cette lucidité. Comment me serait-elle venue quand nous passions nos samedis et nos dimanches à visiter des maisons avec, j'en étais sûr, l'intention d'en acheter une un jour ? Je n'étais plein que de cela, de cette certitude qu'un jour ou l'autre nous vivrions ensemble dans cette Touraine qu'elle ne quittait plus. Elle s'y plaisait trop pour revenir à Paris et, au début, seuls mes cours m'empêchèrent d'en faire autant. Le lundi je ne dramatisais d'ailleurs pas mes retours à Paris. Nos coups de fil quotidiens palliaient facilement l'absence physique.

D'autre part, traduire les corrections qu'elle m'envoyait maintenant par mail était encore vivre avec elle. Traduction qui ne me donnait plus aucun mal tant, désormais, j'étais en parfaite osmose avec le livre. Mon seul travail ne consistait qu'à en relever les rares contresens, les moments aussi où Mégumi perdait un peu de son authenticité. Cette perte était normale. À trop corriger on perd souvent du charme de l'originel. Il me fallait parfois en rétablir les nuances, travail élémentaire qui ne consistait qu'à affiner certains adjectifs. Ce n'était, la plupart du temps, qu'affaire de synonymes. À ce propos, je m'apercevais que c'était là un des points faibles de Mégumi. Elle maîtrisait mal les synonymes. Elle répétait trop souvent les mêmes mots. Ce défaut m'a obligé à inverser certaines phrases et même, une fois ou deux, à recomposer une demi-page, voire, une fois, une page entière. Mais enfin, je le faisais de bonne grâce et si facilement qu'à peine levé de ma table je n'y pensais plus.

Je ne pensais qu'à mon retour à la campagne. Ici je dois revenir à la gaieté de Mégumi. J'exagère peut-être, isolant des moments comme on le fait quand on cherche ce qui aurait dû alerter mais, incontestablement, son attitude avait de plus en plus quelque chose de forcé. C'étaient des rires pour un rien, une euphorie qui tenait plus de la nervosité que d'un véritable contentement. Loin de notre première tranquillité il lui fallait maintenant être toujours en mouvement. Je mettais cette activité sur le besoin de compenser la solitude de sa semaine. Mais aujourd'hui je vois parfaitement tout ce que cela avait d'obligé, de défensif.

Je ne prendrais qu'un exemple. Nous visitions une maison quand dans une grande pièce vide elle s'est mise à faire un tour sur elle-même, les bras écartés, comme une danseuse, puis deux, trois, quatre, cinq tours, en riant. J'ai cru à une prise de possession de l'espace, au plaisir de se dire qu'un jour cette maison serait peut-être la nôtre. Je n'ai pas réalisé une seconde le défoulement que contenait cette danse, son caractère panique aussi. De la même façon, quand je revenais à Paris, nos coups de fil qui s'espaçaient auraient dû m'avertir. Mais pour moi il était normal de cesser de nous appeler tous les jours. Nous ne faisions que répéter les mots gentils de la veille. Lassaient-ils Mégumi ? Je ne crois pas. Je crois qu'elle basculait déjà. Je crois qu'elle commençait à comprendre ce que je faisais.

Solange n'arrêtait pourtant pas d'encenser ses corrections. Et il y avait de quoi. Le livre devenait passionnant, et elle comme moi en attendions la fin avec impatience. Ne restait que trois chapitres avant que Mégumi soit bien obligée de l'aborder. C'est sans doute pour cela qu'ils mirent presque un mois à m'arriver. Je pourrais parler de leurs défauts et de la manière dont je les ai traduits. Mais c'est désormais sans importance. Le problème n'est plus là. Il est d'avoir vu Mégumi commencer à s'éloigner de moi.

Son comportement me le montrait chaque weekend. Elle me donnait maintenant l'impression de me recevoir dans sa maison de Touraine. Contrairement au désordre habituel, tout était parfaitement rangé quand j'arrivais, bien propre, cela sentait le ménage, l'idée qu'on se devait de bien accueillir un hôte. Le week-end était aussi précisément programmé. Promenades, visites, restaurants, menus des déjeuners, tout m'attendait heure par heure. Jusqu'à mon départ. De quel imprévu avait-elle peur, de quel dérapage, pour m'occuper ainsi coûte que coûte ? Que masquait aussi cette tendresse affectée, pour autant qu'on puisse appeler tendresse ces bêtifiements surfaits qu'elle employait de plus en plus, ces gros nounours, et autres petits lapins de mon cœur qui, répétés à satiété, me faisaient regretter la femme facétieuse, ludique, aux savants manèges destinés à des nuits qui désormais n'étaient plus les mêmes ?

J'en reviens à aujourd'hui. À ces sept semaines passées sans elle. Je ne crois plus à son histoire de fin. Ce n'est qu'un prétexte pour m'éloigner ou, et j'ai peur d'écrire ces mots, pour me quitter.

Je ne crois pas plus à cette crise qu'elle m'a jouée pour justifier son premier isolement. Quelque chose de soi-disant fondamental manquait à son roman, quelque chose qu'il lui était difficile d'exprimer clairement. Elle parlait d'une porte à ouvrir pour rencontrer ce qui était là, admettre une vérité. C'était son leitmotiv, admettre une vérité. Mais laquelle ? Enfermée seule à la campagne elle fut incapable de me le dire autrement qu'en se noyant dans des généralités qui, et je le lui répétais, ne servaient qu'à masquer sa peur de finir. Elle a bien dû le reconnaître. Alors, l'enfer de la fin a commencé.

Combien de fins m'a-t-elle racontées au téléphone ? Cinq, six ? Je ne sais plus. Je m'y perdais en les notant sur des feuilles pour y réfléchir. Mais à peine étais-je capable d'un avis qu'un nouveau dénouement lui venait à l'esprit, lequel l'obligeait à modifier les deux derniers chapitres, et ainsi de suite elle jouait, me promenait, m'égarait.

Dans quel but ? Aujourd'hui je le vois. J'y suis. Son but est atteint. Elle me présente l'addition. Elle me quitte. Parce qu'elle sait. Elle sait ce que j'ai fait. Elle ne me le pardonne pas. Elle ne me téléphone même plus. Nous communiquons par mail. Le dernier reçu, hier matin, me disait qu'elle avait fini. Je n'y crois pas. Elle m'a fait le même coup la semaine dernière. Là aussi elle avait soi-disant fini. Mais quand je lui ai demandé sur quelle fin s'était porté son choix elle s'est encore moquée en me disant préférer m'en réserver la surprise. Soi-disant pour me permettre de lire sans a priori. Résultat, elle a encore reporté. Soi-disant pour affiner. Affiner quoi ? Rien de bien grave, a-t-elle dit. Des petites choses, des détails, des étourderies, d'infimes modifications, une phrase par-ci, une phrase par-là. Elle croit que je n'ai pas compris ? Elle sait. Elle sait que j'ai trafiqué son texte. D'accord. Et alors ? Cela fait belle lurette que je sais qu'elle sait. En tout cas pour *Journées d'automne* elle a su très vite. Je m'en souviens parfaitement. Cela s'est passé un jour dans une librairie. Nous étions arrêtés devant ce livre. Et là nous avons su. Nous n'avons pas eu besoin de parler pour cela. Les choses secrètes se disent, s'entendent, secrètement. Elles n'ont pas d'autres façons de le faire quand elles sont insupportables. M'a-t-elle alors fait une vie infernale ? Non. Au contraire, c'était au début de notre amour et je suis persuadé que cet aveu simultané n'a fait que l'affermir.

Mais peu importe. *Journées d'automne* est loin, très loin. D'ailleurs elle n'a peut-être jamais su. Aujourd'hui c'est de ma fin dont il s'agit. Car je ne suis pas dupe. À parler sans cesse de celle de son livre, Mégumi ne parle que de la mienne. Elle en joue. Ce mot me résonne dans la tête, la fin, la fin, la fin. Elle le sait. Elle s'en amuse. Elle attend que je comprenne, que j'explose. Mais j'ai déjà compris. Sinon, pourquoi ce petit jeu depuis presque deux mois ? Elle ne me pardonne pas les modifications de ses corrections. Elle les connaît. Son français est maintenant suffisamment bon pour les avoir vues quand Solange lui a envoyé ma traduction. J'imagine sa surprise, sa colère. Elle s'est vue trahie. Pire que trahie. Je l'ai renvoyée à ce qu'elle aurait pu écrire. Je n'ai fait que lui jeter à la figure ses insuffisances. Oui, sa sentence, me quitter, est justifiée. Elle est même indulgente. Mais pourquoi ne me dit-elle pas les choses nettement ? Serait-ce le plaisir du grill, du petit feu ? Oui, sans doute. Je ne mérite rien d'autre.

Mais ce matin autre chose me vient. Mégumi ne me met pas forcément sur le grill. J'ai parlé plus haut de ces secrets qui se disent secrètement. Je crois à ce canal mystérieux. Une intuition m'est ainsi venue cette nuit quand je n'arrivais pas à dormir. Mégumi ne m'en voulait plus. Elle comprenait le sens de mon action. Elle comprenait que personne n'écrit seul. Tous les livres s'écrivent à deux. Le monde est toujours là. Les muses et autres inspiratrices ne sont rien d'autre que lui, le monde. Et, ici, le monde, c'est elle et moi. Il est impossible qu'elle n'ait pas compris que ses mots et les miens s'entendaient, se complétaient pour créer et embellir son histoire. Par amour. Elle le sait, j'en suis sûr. Il n'y a pas d'autre façon d'écrire les livres d'amour. Ils s'écrivent toujours à deux. Elle l'a compris.

Il est midi. Elle m'a promis sa fin pour cette heure. J'ouvre mon ordinateur. Elle m'a envoyé une pièce jointe. Je l'ouvre. Je lis :

« *Mon chéri, tu vas être surpris mais je n'ai pas terminé l'histoire d'Hakira et de Hiro. Une autre histoire m'est soudainement venue. Une histoire, je crois, beaucoup plus importante pour nous. Il m'a fallu deux mois pour l'écrire. J'espère qu'elle te plaira. Je t'aime, et je t'embrasse.* »

Je lis. Son livre commence ainsi : Je suis un traducteur. Au départ c'est un plaisir qui ressemble un peu au métier de comédien. On doit se faire à l'autre, l'écouter, le comprendre, s'en imprégner, avec cette différence qu'au lieu d'un personnage, c'est un roman qu'il va falloir traduire…

ACHEVÉ D'IMPRIMER
EN SEPTEMBRE 2010
PAR L'IMPRIMERIE
DE LA MANUTENTION
A MAYENNE
FRANCE
N° 227-10

Dépôt légal : 3e trimestre 2010